हिन्द पॉकेट बुक्स

हिन्दी रूबाइयाँ

गोपालदास 'नीरज' हिन्दी साहित्यकार, शिक्षक एवं कवि सम्मेलनों के मंचों पर काव्य वाचक एवं फ़िल्मों के गीत लेखक थे। नीरज का जन्म 4 जनवरी 1925 को ब्रिटिश भारत के संयुक्त प्रान्त आगरा व अवध, जिसे अब उत्तर प्रदेश के नाम से जाना जाता है, में इटावा जिले के ब्लॉक महेवा के निकट पुरावली गाँव में बाबू ब्रजकिशोर सक्सेना के यहाँ हुआ था। वे पहले व्यक्ति थे जिन्हें शिक्षा और साहित्य के क्षेत्र में भारत सरकार ने दो-दो बार सम्मानित किया, पहले पद्म श्री से, उसके बाद पद्म भूषण से। यही नहीं, फ़िल्मों में सर्वश्रेष्ठ गीत लेखन के लिये उन्हें लगातार तीन बार फिल्म फेयर पुरस्कार भी मिला। उत्तर प्रदेश की अखिलेश सरकार ने नीरज को भाषा संस्थान का अध्यक्ष नामित कर कैबिनेट मन्त्री का दर्जा दिया था। नीरज ने दिल्ली के एम्स में 19 जुलाई 2018 की शाम लगभग 8 बजे अन्तिम सांस ली।

हिन्दी रूबाइयाँ

सम्पादक गोपालदास 'नीरज'

हिन्द पॉकेट बुक्स
पेंगुइन रैंडम हाउस इम्प्रिंट

हिन्द पॉकेट बुक्स

यूएसए | कैनेडा | यूके | आयरलैंड | ऑस्ट्रेलिया
न्यू ज़ीलैंड | भारत | साउथ अफ्रीका | चीन | सिंगापुर

हिन्द पॉकेट बुक्स, पेंगुइन रैंडम हाउस ग्रुप ऑफ़ कम्पनीज़ का हिस्सा है,
जिसका पता global.penguinrandomhouse.com पर मिलेगा

पेंगुइन रैंडम हाउस इंडिया प्रा. लि.,
चौथी मंजिल, कैपिटल टावर -1, एम जी रोड,
गुड़गांव 122 002, हरियाणा, भारत

पेंगुइन
रैंडम हाउस
इंडिया

प्रथम संस्करण हिन्द पॉकेट बुक्स द्वारा 1976 में प्रकाशित
यह संस्करण हिन्द पॉकेट बुक्स में पेंगुइन रैंडम हाउस द्वारा 2022 में प्रकाशित

10 9 8 7 6 5 4 3 2

इस पुस्तक में व्यक्त विचार लेखक के अपने हैं, जिनका यथासंभव तथ्यात्मक सत्यापन किया गया है, और इस संबंध में प्रकाशक एवं सहयोगी प्रकाशक किसी भी रूप में उत्तरदायी नहीं हैं।

ISBN 9789353495299

मुद्रकः रेप्रो इंडिया लिमिटेड

www.penguin.co.in

FSC www.fsc.org
MIX
Paper from responsible sources
FSC® C047271

This is a legitimate digitally printed version of the book and therefore might not have certain extra finishing on the cover.

पाठकों से—

रुबाई उर्दू की एक प्रसिद्ध काव्य-विधा है। उसकी जन्मभूमि ईरान है और उसका स्वरूप फ़ारसी के फ़िरदौसी, उमरखैयाम आदि जैसे महाकवियों की क़लम का पारस-स्पर्श पाकर इतना चमका कि आज सदियों के बाद भी उसकी दीप्ति और गौरव अक्षुण्ण बना हुआ है। उर्दू का प्रत्येक कवि तो अपनी कला-साधना को तब तक पूर्ण नहीं मानता जब तक वह रुबाई कहने में सिद्धहस्त नहीं हो जाता। रुबाई की गति (बहर) कुछ ऐसी टेढ़ी-मेढ़ी होती है कि उसमें वांछित सौन्दर्य तथा अपेक्षित कसावट बिना पूर्ण भाषाधिकार और कला-निपुणता के नहीं आती। उसकी कला गागर में सागर भरने जैसी कला है।

रुबाई के सम्बन्ध में हिन्दी में एक भ्रम है और वह यह कि चार पंक्तियों की कोई भी कविता, जिसकी प्रथम, द्वितीय और चतुर्थ पंक्तियां तुकान्त हों, रुबाई कहलाती है। यह सही है कि रुबाई की तुकान्त योजना का यही रूप होता है, लेकिन वह एक विशिष्ट लय में बंधी होती है और उस लय का सूत्र होता है—'लाहौलविला क़ूवत इल्ला बिल्ला'। इस बहर के अतिरिक्त अन्य बहरों में जो चार-चार पंक्तियां बांधी जाती हैं; वे रुबाई न होकर, 'क़ताऽ' होती हैं। हिन्दी में वस्तुतः अधिकांश क़तात ही लिखे गए हैं; लेकिन हम उन्हें रुबाई कहकर पुकारते हैं। अच्छा होगा, यदि हम रुबाई के स्थान पर किसी अन्य नाम का प्रयोग करें।

रुबाई का समस्त सौन्दर्य उसकी चौथी पंक्ति में निहित होता है। शेष तीन पंक्तियां पाठक को उस सौन्दर्य तक ले जानेवाली मंज़िलें समझिए। अधिक उपयुक्त होगा, यदि कहें कि रुबाई की चौथी पंक्ति उसका प्राण होती है और शेष तीन पंक्तियां उसकी देह। चौथी पंक्ति यदि बेजान हुई तो रुबाई वांछित प्रभाव उत्पन्न करने से वंचित हो जाती है। रुबाई का मूल भाव उसकी चौथी पंक्ति में ही निहित होता है, किन्तु चार पंक्तियों में उसका विधान कुछ

इस प्रकार से किया जाता है कि प्रथम दो पंक्तियां तो उसकी व्याख्या-सी करती जान पड़ें और तृतीय पंक्ति पाठक के मन में चतुर्थ पंक्ति में वर्णित भाव के प्रति औत्सुक्य की सृष्टि करे। तीसरी पंक्ति भी यदि चतुर्थ पंक्ति में कथित भाव के प्रति पर्याप्त जिज्ञासा उत्पन्न नहीं कर पाती तो भी रुबाई का प्रभाव क्षीण हो जाता है; इसलिए रुबाई लिखनेवालों को तीसरी और चौथी पंक्ति के सम्बन्ध में बड़ा सतर्क रहना पड़ता है। हमारा अपना अनुभव तो यह है कि रुबाई की रचना उल्टी होती है। यानी उसकी चौथी पंक्ति पहले लिखी जाती है, उसके बाद तीसरी और फिर पहली और दूसरी; और तभी उसमें अभीष्ट प्रभाव उत्पन्न करने की क्षमता आ पाती है; इसलिए रुबाई को यदि हम 'उल्टी गंगा' कहें तो शायद गलत नहीं होगा।

हिन्दी में रुबाई अभी प्रयोगकालीन अवस्था में ही है; और साथ ही, उसकी जो तर्जे-बयानी है वह भी हिन्दी की प्रकृति के अनुकूल नहीं है; इसलिए यह आशा करना कि इस संग्रह में संग्रहीत रुबाइयों में उर्दू जैसी शोखी और सजावट होगी, ग़लत है। फिर इस संग्रह में अधिकांश क़तात चौपदे ही हैं, रुबाइयां तो बहुत कम हैं। फिर भी इस संग्रह में कुछ लोग ऐसे हैं जिन्होंने सही माने में रुबाइयां लिखी हैं और जो उर्दू की किन्हीं भी श्रेष्ठ रुबाइयों के बराबर रखी जा सकती हैं। इन लोगों से इस संकलन का गौरव बढ़ा है; लेकिन जो रुबाई लिखने का अभी अभ्यास कर रहे हैं, उनसे भी इसकी प्रतिष्ठा कम नहीं हुई है; क्योंकि छोटों के तुतलाने से भी घर की उतनी ही शोभा होती है जितनी कि बड़ों के मीठे बोल से । अस्तु, सहयोग के लिए हम दोनों के ही आभारी हैं

47, मेरिस रोड, —नीरज
अलीगढ़

अनुक्रमणिका

हिन्दी रुबाइयाँ

आनन्द मिश्र

बरखा आई, रिमझिम की बात करो,
रिस भी जाओ, सरगम की बात करो;
'आनन्द'! बहुत गुमसुम बैठे हो जी,
कुछ तो ऐसे मौसम की बात करो!

तुमसे मिलकर दुख तो हलकाता है,
क्षण दो क्षण मन सावन बन जाता है,
लेकिन परतों के नीचे अकथ व्यथा,
कल की पीड़ा से फिर घबराता है।

तन को तो बहुत सँवार लिया हमने,
धन का सहेज अंबार लिया हमने;
जो गई, गई, अब तो भीतर झाँके,
मन का कितना श्रृंगार किया हमने ?

क्या हुआ इनको कि भागे जा रहे हैं,
घर, डगर, गिरिवर छलाँगे जा रहे हैं;

कौन-सा रस-रूप धरती पर नहीं है,
खोज में जिसकी अभागे जा रहे हैं ?

द्वार-द्वार लाली के चर्चे, आया नया सवेरा है,
महलों में आलोक मगर कुटियों में तम का डेरा है;
दो शब्दों में इस विकास का सार कहे देता हूँ मैं,
गाँवों में रोशनी नहीं तो सारा देश अँधेरा है।

इन्दीवर

प्यासे होटों को दे दिया सावन,
हमने दुनिया का भर दिया दामन;
मैंने भी एक चीज़ माँगी थी,
पूछता रह गया बेचारा मन।

नक़्ल पढ़-पढ़के फूल जाते हो,
कल्पनाओं पे झूल जाते हो,
अस्ल संसार नक़्ल पुस्तक है,
चीज़ पढ़ने की भूल जाते हो,

हमने ये कैसी निधि पाई;
पाकर जिसे उम्र पछताई;
जब जीवन ही बीत गया तब,
कला हमें जीने की आई।

नसो नगर की ओर अगर डरते हो वन से;
घर में छुपो अगर डरते हो काले घन से;
छुप जाने को जगह नहीं सारी दुनिया में,
अगर कहीं तुम डरते हो अपने ही मन से।

ईश्वरशरण सिंहल

निशा में भी जिओ हँसकर, सितारों ने कहा हमसे;
लुटा दो प्यार लहरों पर, किनारों ने कहा हमसे;
करो तुम मोल जीवन का तड़प से, वेदनाओं से,
शलभ ने झूमकर लौ पर इशारों से कहा हमसे।

ओ शलभ ! अब तक मरे हो रूप की जलती शिखा पर,
अब बुझी लौ के लिए भी देख लो थोड़ा तड़प कर;
है वहाँ पर वेदना कुछ क्षण, समर्पण मृत्यु को फिर,
है यहाँ पर वेदना लेकर तड़पना ज़िन्दगी-भर।

वेदने ! अब तो नई विधि से हमें जीना सिखा दो,
हँस पिये थे पान मधु के, हँस गरल पीना सिखा दो;
थे विकल पथ में सुखों के फूल चुनने के लिए हम,
फूल अब चुभने लगे हैं, राह काँटों की दिखा दो।

उदयशंकर भट्ट

भावना का भार कुछ हल्का करो,
आदमीयत उस जगह से दूर है;

चाँदनी में क्या सही सब दीखता,
जबकि चंदा खुद नशे में चूर है।

हार हृदय की कमजोरी है, सत्य नहीं है;
स्वाभाविक हो रुदन किन्तु वह पथ्य नहीं है।
आज मनुज पर संकट कोई नया नहीं है,
कब संकट के पार मनुज यह गया नहीं है ?

आकाश धरा से एक रात बोला यह,
'तेरी छाती पर बहुत बोझ रहता है।'
धरती बोली, 'तू रो देता पल-भर में
सामर्थ्यवान ही सब दुख-सुख सहता है !'

आदमी आकाश में उड़ने लगा,
लाश लौटी वह बिना पहचान के;
मृत्यु सस्ती हो गई विज्ञान में,
प्राण चींटी हो गये इन्सान के।

शब्दों के अंकों में अर्थों का सावन है,
छंदों के शरीर पर गीतों का दामन है;
गीतों की प्यास में उमड़न है सागर की,
शब्द उस विराट का अवतार वामन है।

उदयभानु 'हंस'

क्यों प्यार के वरदान सहन हो न सके ?
क्यों मिलन के अरमान सहन हो न सके ?
ऐ दीपशिखा ! क्यों तुझे अपने घर में—
इक रात के महमान सहन हो न सके ?

सावन में मरुस्थल भी चहक जाते हैं,
काँटे भी बहारों में महक जाते हैं;
निर्दोष जवानी पै न झुँझलाओ तुम,
इस उम्र में सब लोग बहक जाते हैं।

पंछी यह समझते हैं, चमन बदला है,
हँसते हैं सितारे कि गगन बदला है;
शमशान की खामोशी मगर कहती है,
है लाश वही सिर्फ़ क़फ़न बदला है।

उट्ठो भी कि अब दिन हैं बदलने वाले,
मंज़िल पै पहुँच जाएँगे चलने वाले;
दीपक के लिए हठ, ऐ पतंगे ! मत कर,
बे-आग भी जल जाते हैं जलने वाले।

मैं साधु से आलाप भी कर लेता हूँ,
मन्दिर में कभी जाप भी कर लेता हूँ;

मानव से कहीं देव न बन जाऊँ मैं,
यह सोचके कुछ पाप भी कर लेता हूँ

उपेन्द्र

गंध की माधुरी, भौंरों की पुकार याद नहीं,
हमने भी झूमके गाई थी मल्हार याद नहीं;
अब तो वीराना ही वीराना नज़र आता है,
क्या पता कब कहाँ आई थी बहार याद नहीं !

आज सहसा मुझे उस दिन की घड़ी याद आई;
स्वप्न-सी झूमती सावन की झड़ी याद आई;
बैठकर हमने जिसे साथ-साथ गाया था,
आज उस गीत की भूली-सी कड़ी याद आई।

जागता रे चल, न जाने स्वप्न तेरा हो न हो,
नीड़ के पंछी उड़े हैं, फिर बसेरा हो न हो;
हम मनुज लाचार हैं उड़ते समय के सामने,
कौन जाने रात बीते कल सवेरा हो न हो।

एक दिन मुझसे समय ने ले लिया मेरा सभी सुख,
कुछ नहीं मैंने कहा बस पी लिया सारा गरल दुख;
किन्तु जाने क्यों विवश हूँ, भूल मैं पाता नहीं हूँ—
उस अभागी साँझ में वह अश्रुजल डूबा हुआ मुख।

हमसे मत पूछो दर्शन का मर्म, ज़िन्दगी के माने,
हमने रटीं न परिभाषाएँ, हमने शास्त्र नहीं छाने;
जीते हैं. अपने सपनों में लेकर इनी-गिनी साँसे,
सागर की सीमा क्या जानें हम लहरों के दीवाने !

उमाशंकर वर्मा

दर्पण में देखो मुखड़ा आज ज़रा,
नयनों में डालो सपनों का काजल;
अलकों में बाँधों फूल जवानी का,
लज्जित हो जाये पूनम का कुन्तल;
रह जायँ नहीं नज़रें ये आज झुकी,
पलकों में ही अभिसार सजा लो तुम !
है चमका करती यहाँ सदा बिजली,
मँडराया करते सुधियों के बादल।

तुमको जो कुछ कहना, जल्दी कह दो,
यह उत्सव तो बिलकुल क्षण-भंगुर है;
लेकिन मन को भी छोटा क्या करना,
हर दर्द यहाँ गीतों का अंकुर है;
क्या खूब कामनाओं का यह उपवन,
हर कली यहाँ रंगीन नज़र आती;
हर मौसम यहाँ बहारों का मौसम,
बजता हरदम आशा का नूपुर है।

जलता है कोई दीप, तिमिर रोता,
परवानों की महफ़िल गुलजार हुई;
आँखों में है जो क़ैदी वह सरिता,
जीवन-रस का है पारावार हुई;
यों तो हर कहनेवाले हैं कहते,
लेकिन संशय की शाम नहीं ढलती;
ज़िन्दगी एक जलती दीवाली है,
छोटी-सी चिनगारी अंगार हुई ।

तुमने केवल आघात दिये मुझको,
जो अनजाने ही गान बने मेरे;
तुमने प्राणों में झंझावात भरे,
अभिशाप सभी वरदान बने मेरे;
हसरतें सभी जल चुकीं मगर अब भी—
मैं बुझी आग की रखवाली करता;
अब किसके आगे हाथ पसारूँ मैं,
पाषाण स्वयं भगवान बने मेरे!

जिस तृष्णा को मैंने ठोकर मारी,
धर जोगिन का वह वेश चली आई;
अब तो लेने के देने यहाँ पड़े
बन गई अपरिचित अपनी परछाईं;
कैसे ज़िद्दी साधों को समझाऊँ—
यह ग़लती सोलह आने अपनी है;

व्यापार अनोखा है यह जीवन का,
वंचक सुरभित सपनों की अमराई।

उमाशंकर 'सतीश'

मेरे ओठों पे तेरा गीत अभी बाक़ी है,
तेरे ओठों पे मेरी प्रीत अभी है कि नहीं ?
दिल से मिलती तो है आवाज़ कहीं से आकर,
तेरे ओठों पे मेरा गीत अभी है कि नहीं ?

आँखों-आँखों को दुखाना भी समझदारी है,
अपने-अपनों को भुलाना भी समझदारी है;
उनको एहसास दिलाया तो दिलाया किसने,
दर्देदामन को छिपाना भी समझदारी है !

'ऊँट' बिलहरीवी

ये न समझो के फ़क़त ठूँठ हूँ मैं,
मये - मंसूर के दो घूँट हूँ मैं;
जिसपै लैला हुई सौ बार सवार,
हल्फ़िया कहता हूँ वो 'ऊँट' हूँ मैं।

बस, इसीसे तो परेशान है 'ऊँट',
वो समझते हैं किरिस्तान है 'ऊँट';

रामजी की क़सम आधा हिन्दू;
बाख़ुदा आधा मुसलमान है 'ऊँट'।

रस्मे-उल्फ़त से है खाली दुनिया,
खूबरू है; पे है जाली दुनिया;
'ऊँट' ने जाना, अब, बुढ़ापे में,
फ़्लर्ट है फ़्लर्ट ये साली दुनिया।

दिल तो बेचा था कमसिनी को जनाब,
जानो-ईमाँ गये आया तो शबाब;
अब नहीं बेचने को बाक़ी कुछ,
इसलिए बेचने लगा हूँ किताब।

मौत चाहेंगे तो चटपट होगी,
दवा - दारू की न फटफट होगी,
'ऊँट' तो इसलिए नहीं मरते,
उनको दफ़नाने में खटपट होगी।

कमलाकर

समन्दर क़हक़हों का है मेरे अधर में अभी,
रूप-यौवन का नशा है मेरी नज़र में अभी;
मौत आए तो मेरी ज़िन्दगी, यूँ कह देना—
वो कहीं सैर को गया है, नहीं घर में अभी।

कोई भी गीत हो मुझसे बिना गाया न रहा,
मिले किसे भी वह मुझको बिना पाया न रहा;
मेरे सगे, मेरे अपने हुए हो तुम जब से—
मुझको दुनिया में कहीं कोई पराया न रहा।

होश लौटा नहीं, दिवाना घूमता ही रहा,
हर घूट पै बादल-सा झूमता ही रहा;
आखिरी बूँद भी पीने के बाद बेसुध हो—
प्याले को चूमने लगा तो चूमता ही रहा।

करम यह खूब मेरे हाल पर किया तुमने,
लूट कर मुझको बहारों से भर दिया तुमने;
डाल से टूटकर न धूल में मिले इससे—
चुनके निज फूल को पूजा में ले लिया तुमने।

दिन गाये और नाचे रतियाँ जीवन नित्य निहाल है,
मेरी यह आतम-दुलहनियाँ जहाँ रहे खुशहाल है;
इधर महोत्सव राखी का तो उधर तीज की रँगरलियाँ,
इसी गाँव में पीहर है और इसी गाँव ससुराल है।

कल्याणकुमार 'शशि'

जीत ही उनको मिली, जो हार से जमकर लड़े हैं !
हार के भय से डिगे जो, वे धराशायी पड़े हैं !

हर विजय संकल्प के पद पूजती देखी गई है !
वे किनारे ही बचे, जो सिन्धु को बाँधे खड़े हैं !

दीप से जलना न सीखो, दीप से मुस्कान सीखो !
सूर्य.से ढलना न सीखो, सूर्य से उत्थान सीखो !
सोचना है हम स्वयं इस चित्र में अंकित कहाँ हैं ?
राह चलना ही न सीखो, राह का निर्माण सीखो !

यह भी अगर मान लें, ऊँची पर्वत की चोटी है,
किन्तु फावड़े के समक्ष धरती पर आ लोटी है;
यही इरादे साथ लिये हर संकट में बढ़ता चल !
दुख की ऊँची दीवारों की उम्र बहुत छोटी है।

जीवन वह है, जिस जीवन की 'रुचि' प्यासी है,
बढ़ने वाला कर्मठ पग ही अविनाशी है;
थकने वालों के मंज़िल ने पाँव कहाँ चूमे हैं ?
कमहिम्मत रोते हैं मंज़िल हिम्मत की दासी है !

जो व्यथाएँ प्रेरणा दें उन व्यथाओं को दुलारो !
जूझ कर कठिनाइयों से रंग जीवन का निखारो !
दीप बुझ-बुझ कर जिया है, वृक्ष कट-कट कर बढ़ा है,
मृत्यु से जीवन मिले तो आरती उसकी उतारो !

दूर मंज़िल है, न यह शाम और ढल जाये,
बहके पाँवों को न यह रहगुज़र निगल जाये;
प्यार तो कर लूँ, मगर ऐसा न हो जाय कहीं —
तेरी 'मासूमियत' 'अन्दाज़' में बदल जाये।

तेरे गेसू जो कहीं हमने सँवारे होते,
और ही रूप लिये चाँद - सितारे होते;
मुस्कुरा उठता खिज़ाँ में भी चमन का हर फूल—
तेरे दामन में अगर अश्क हमारे होते।

ज़िन्दगी काट दी हमने किसी खुद्दार के साथ,
लफ्ज़ इन्कार भी चलता रहा इक़रार के साथ;
हम कभी उनकी खताओं पै खफ़ा हो न सके—
गुस्सा आया भी तो आया है बड़े प्यार के साथ।

जाने क्यों चाँद-सितारों से जी घबराता है,
सारी दुनिया के सहारों से जी घबराता है;
कभी ख़िज़ाँ में भी होंठों पे गीत मचले थे—
आज रंगीन बहारों से जी घबराता है।

भटकते पाँव को राहों की जरूरत होगी,
तसव्वुरात को बाँहों की ज़रूरत होगी;

तेरे मासूम खयालों की क़सम तुझको भी—
उम्र के साथ गुनाहों की ज़रूरत होगी।

कुञ्जबिहारी बाजपेयी

प्यार पतझार नहीं,
मौसमी बहार नहीं;
मन का यह सौदा है,
तन का व्यापार नहीं।

प्यार विष-जाम नहीं,
कोई इल्ज़ाम नहीं;
मानव बदनाम है,
प्यार बदनाम नहीं।

कर सकूँ कुछ इसलिए जीता हूँ मैं,
नेह पाऊँ इसलिए रोता हूँ मैं;
दर्द लाखों, किन्तु मैं मुस्का रहा,
ग़म भुलाने के लिए पीता हूँ मैं।

रोते हृदयों पर मेरा मन प्यार करेगा,
धीरज-संयमवाली उनमें साँस भरेगा;
जग की व्यथा-कथा मैं गाऊँगा गीतों में,
तुम न करोगे याद, ज़माना याद करेगा।

तरह-तरह का नया-नया अन्दाज़ हूँ,
कभी न खुल जाये जो ऐसा राज़ हूँ,
गूँज रहा हूँ आज ज़माने में लेकिन—
निर्जन घाटी की फिरती आवाज़ हूँ !

केशव पाठक

हलकी-हलकी फुहार लाया हूँ;
आस्माँ से उतार लाया हूँ;
नन्हे पौधो ! मैं तुम्हारी खातिर,
ज़िन्दगी को पुकार लाया हूँ।

सच कहूँ क्या ये ज़िन्दगानी है,
रमता जोगी है, बहता पानी है;
फिर जो तुम हो, कि मैं हूँ, कोई हो,
एक भूली हुई कहानी है।

ज़ीस्त की नींव किसने डाली है ?
खूब प्याली है, मगर खाली है;
मौत पर हम निसार सौ-सौ बार,
जिसने ज़िन्दा शराब ढाली है।

कौन-सी बात थी न सिखलाई ?
तू था दिल, वो थे औ' थी तनहाई !

उनकी नज़रों में इत्तेफ़ात भी था;
तुझसे कुछ बात ही न बन आई !

बात पर बात ही निकल आई,
वरना क्या मैं हूँ कोई सौदाई ?
ज़िन्दगी जिस पै जान देती है,
मौत करती है वो मसीहाई।

गोपालप्रसाद व्यास

प्रेमियों की शक़्ल कुछ-कुछ भूत होनी चाहिए,
अक्ल उनकी नाप में छः सूत होनी चाहिए;
इश्क़ करने के लिए काफ़ी कलेजा ही नहीं,
आशिकों की चाँद भी मज़बूत होनी चाहिए।

देश का लोहा गला, फ़ौलाद टाटा हो गया,
देश में जूता चला, मशहूर बाटा हो गया;
योजनाएँ यों चलीं जैसे छिनालों की जुबान,
हम जमा करते रहे, खाते में घाटा हो गया।

लो, तुम्हें गिनती सिखाता हूँ सही,
एक वे, दो चोटियाँ उनकी नई;
तीन बल खा, चार अक्षर कह गईं—'जी, शुक्रिया',
और हमपर डबल होकर आ गई अष्टग्रही।

चन्द्रकान्ता वर्मा

अभी तो लोचनों में आँसुओं की धार बाक़ी है,
अभी तन-पींजरे में दर्द का भंडार बाक़ी है;
ज़रा रुक जाओ ओ प्रियतम ! अभी जल्दी तुम्हें क्या है ?
अभी अधरों में कम्पन है, अभी कुछ प्यार बाक़ी है ?

चट्टानों को चटका दे, रवानी उसको कहते हैं,
जो दिल पर नक़्श हो जाए, कहानी उसको कहते हैं;
नहीं मालूम है तुमको, करिश्मा कैसा होता है,
उलट दे जो हिमालय को, जवानी उसको कहते हैं।

मेरे ही आँसू हैं, जिनसे सागर का निर्माण हुआ है,
मेरी ही आहें हैं, जिनसे अंबर आज महान हुआ है;
मेरे मन की पीर बादलों में बिजली बन चमका करती,
मेरे टूटे अरमानों से ही निर्मित शमशान हुआ है।

चन्द्रसेन 'विराट'

तेरी मौजूदगी अब हर जगह मालूम होती है,
मुझे हर शाम जीवन की सुबह मालूम होती है;
तेरी देखी है जब से शक्ल मैंने दिल की आँखों से—
मुझे हर शक्ल ही तेरी तरह मालूम होती है।

गीत-गंगा मरुथलों में म्लान होकर रह गई,
कोकिला भी कंठ की बेजान होकर रह गई;

सिर्फ तुम ही क्या गये हो ज़िन्दगी से, ज़िन्दगी—
एक विधवा माँग-सी वीरान होकर रह गई।

सूर्य चलकर चाँदनी के द्वार आया है,
ओस-कण के स्वप्न में अंगार आया है;
आज तुमने ही गले में बाँह क्या डाली—
मौत को भी ज़िन्दगी पर प्यार आया है।

जगदीश 'अतृप्त'

नाम यदि पूछूँ तुम्हारा, धृष्टता होगी,
और यदि पूछूँ न, तो यह भी खता होगी;
ओ अपरिचय के कलेजे की चुभन-सी तुम !
मैं करूँ क्या, क्या मुझे इतना बताओगी।

बाँह में बँधती हुई अभिसारिका-सी तुम,
किरन बन लिपटी हुई नीहारिका-सी तुम;
रूप के लोभी दृगों का मान-सा रखती,
चाँदनी-सी, चंचला-सी तारिका-सी तुम।

गीत की अमरावती में बीज विष का बो दिया है,
किसलिए मेरी अमरते ! क्या बुरा मैंने किया है;
न्याय यह कैसा बताओ, प्यार-सा कुछ भी न देकर,
प्राण-सा मेरा सभी कुछ प्राण! तुमने ले लिया है।

रात गहरी है, अँधेरा सिन्धु-सा लहरा रहा है,
कामनाओं का अधूरा चाँद डूबा जा रहा है;
अब न होगा फिर कभी शायद सवेरा ज़िन्दगी में,
पास आओ, आज मेरा जी बहुत घबरा रहा है।

रूप यदि तत्काल प्राणों का विमोह न हो,
तो अकिंचन इस जगत में तुम्हीं छवि-घन हो;
प्यार, बुझने को विकल अंगार-सा मन हो,
तो समर्पित यह तुम्हें मेरा निवेदन हो।

जगदीश चतुर्वेदी

मेरी हर साँस एक आह हुई,
मेरी हर राह लो, गुनाह हुई !
मैं जो सँभला तो ज़माना रूठा,
और ठोकर पै वाह-वाह हुई !

मैंने फूलों से हाल पूछ लिया,
उनका अपना खयाल पूछ लिया !
कितनी होती है चार पल की उमर ?
उलटा मुझसे सवाल पूछ लिया !

मुँह को जब चाहा तभी मोड़ा है,
दिल को जब चाहा तभी तोड़ा है !

और जो हो चुका, बहुत है वही,
फिर भी लगता है अभी थोड़ा है!

जो सुनोगे न, वह कहानी हूँ,
जो रखोगे न, वह निशानी हूँ !
सारी दुनिया से जो न थम पाया,
आँख का एक बूँद पानी हूँ !

मुझको आँखें तो खोल लेने दो,
और क़िस्मत टटोल लेने दो !
स्वप्न का स्वर्ग, सत्य की धरती,
पहले पलकों पे तोल लेने दो !

जीवन शुक्ल

झूले की रस्सी-सी, बाँहों की डाली में
पैंगों में भरती अँगड़ाई उकसा जा रे !
साध नहीं लौटेगी, मौसम यह लौटेगा—
बिजली-सी इठला कर धन को विकसा जा रे !

मेघ तुम झरो नहीं कि रूप अभी सोया है,
प्रीति के खेतिहर ने धान अभी बोया है;
इतना तुम गरज गये, मुरझ गई बेल हरी
अभी-अभी श्वासों को श्वासों ने धोया है।

आम्रो इस सूने में हलका मन कर लें,
सागर की लहरों को बाँहों में भर लें;
पल-भर को दब जाये नस-नस की पुलकन,
आओ उच्छ्वासों से गुंफित मन कर लें।

पाप नहीं मन की इच्छाओं का चंदन है,
जुड़ते दो अधरों का कानन ही नंदन है;
डाले गलबाँहें जो पलकों में सोते हैं—
वंदन के योग्य पूर्ण ऐसा स्पंदन है।

ज्योतिप्रकाश सक्सेना

हर कोई चाँद-सितारों की बात करता है,
हर कोई बाग़-बहारों की बात करता है;
मुझको ही शूल से, अंगार से मुहब्बत है,
हर कोई फूल-फुहारों की बात करता है।

मुझको भूली हुई पहचान बहुत है,
दर्द में डूबती मुस्कान बहुत है;
तुम बहारों में झूम कर गाओ,
मुझको आहों का बियाबान बहुत है।

ज़िन्दगी सिंक रही है दर्द के अँगारों पर,
रागिनी पल रही है टूटे हुए तारों पर;

प्यार में डूबने वाले को सहारा देने—
चाँदनी चल रही है चाँद के इशारों पर।

ज़िन्दगी आज मुस्कुराने दो,
प्यार में रात गुज़र जाने दो;
क्या पता कल ये बहारें न रहें,
इसलिए आज मुझे गाने दो।

स्वयं के वास्ते रोना कोई रोना नहीं होता,
बहकने के लिए पीना कोई पीना नहीं होता;
ज़माना कह रहा हमसे जिओ खुद और जीने दो—
स्वयं के वास्ते जीना कोई जीना नहीं होता।

तपेश चतुर्वेदी

मिन्नतें सौ बार मैं करता नहीं हूँ,
प्यार को लाचार मैं करता नहीं हूँ;
दिल अगर आया सभी कुछ दे दिया पर—
प्यार का व्यापार मैं करता नहीं हूँ।

राह है मंज़िल मगर मिलती नहीं,
चाँद है पर चाँदनी खिलती नहीं;
रात ढलने पर सुबह होगी ज़रूर,
पर करें क्या रात ही ढलती नहीं।

सोचता हूँ प्यार जग की साधना है,
सोचता हूँ आदमी की वासना है;
सोच लूँ कुछ भी मगर मैं जानता हूँ,
सृष्टि की यह एक चेतन कामना है।

आज ही क्या आदि से यह हो रहा है,
भाग्य का चिर भार मानव ढो रहा है;
बस इसे ही ज़िन्दगी या खेल कह लो,
आदमी कुछ पा रहा, कुछ खो रहा है।

पीर मन की मुक्ति है जंजीर मत समझो,
आँसुओं की धार को तुम नीर मत समझो;
तुम जिसे मढ़ते नयन के चौखटों में —
वह तुम्हीं हो, अन्य की तस्वीर मत समझो।

दवेप्रताप नागर

ज्योति के साथ तम नहीं होगा,
अब कभी दर्द कम नहीं होगा ;
भेंट की है खुशी कि तुम होगे,
ग़म यही है कि ग़म नहीं होगा।

उँगलियाँ छू न तू नगीने से,
उम्र मत नाप सिर्फ जीने से;

ज़िन्दगी का शबाब गर चाहे,
अश्क को तोल दे पसीने से।

मौन मन का मुखर नहीं होता,
शब्द कल्याणकर नहीं होता;
ब्रह्म से हीन सृष्टि लगती जब,
गीत के साथ स्वर नहीं होता।

शब्द में उक्ति जब उतर आई,
दिल पसीजा कि आँख भर आई;
मैं न दुनिया को फिर नज़र आया,
फिर न दुनिया मुझे नज़र आई।

ज़िन्दगी गुज़री किसी राज के साथ,
उम्र रोई मगर एतराज़ के साथ;
अब तो बस एक ही ख्वाहिश 'नागर'
मौत आये तो एक अन्दाज़ के साथ।

दिनेश सक्सेना

बदली उमड़ी है जो ये क्षण में बरस जाएगी,
हँसी पूनम तो रात उसको भी डस जाएगी;
आओ पल-भर ही साथ बैठ लें इस बगिया में,
क्वाँरी कलियों को भी कल धूप झुलस जाएगी।

जो खिल उठी कली तो वो डाली लचक गई,
ऐसी चली बयार कि बगिया महक गई;
वो रूप सलोना वो नई उम्र का निखार,
मैं क्या करूँ जो खुद ही रुबाई बहक गई ।

नदी का राज़ रवानी बना गया कोई,
ज़रा-सी बात कहानी बना गया कोई;
न मैंने चाहा कभी न मैंने माँगा मगर,
ये दिल पै दाग़ निशानी बना गया कोई।

देवव्रत देव

भूलता फिर भी कोई याद आ ही जाता है,
मन के आँगन में कोई चाँद छा ही जाता है;
बाँसुरी यूँ ही पड़ी रहती है खामोश मगर—
ओठ पर आके कोई गुनगुना हो जाता है!

प्यार परिचय को पहचान बना देता है,
गीत वीराँ को गुलिस्तान बना देता है;
ये आपबीती कहता हूँ मैं, परायी नहीं—
दर्द आदमी को इन्सान बना देता है!

देवीप्रसाद 'राही'

मैं कपोलों पर, मचलती आग का पानी,
मैं निगाहों में, पिघलती याद का पानी;

आग-पानी में डुबोकर ज़िन्दगी अपनी —
बन गया हूँ लेखनी की लाज का पानी।

हैं बहुत कठिनाइयाँ इन्सान के आगे,
सब गवारा है मुझे ईमान के आगे;
रोशनी बदनाम हो जाये न, इस डर से —
रख दिया मैंने दिया तूफ़ान के आगे ।

ज़िन्दगी ग़म ही सही, गाती तो है,
दुनिया एक धोखा सही, भाती तो है;
हाथ क्यों मैं मौत के आगे भला जोड़ूँ ?
नींद थम-थमके सही, आती तो है।

ग़म अगर उठके मचल जाय, तो फिर क्या होगा,
सब्र का पाँव फिसल जाय, तो फिर क्या होगा;
मेरे अरमानों की बस्ती को जलानेवालो—
यदि लपट तुमको निगल जाय, तो फिर क्या होगा?

द्वार पर मेरे कभी दर्द की इज़्ज़त न घटी,
चलती-फिरती हुई खुशियों से न कुछ मेरी पटी;
मुश्किलें जिसको बुरी लगती हैं, वे गाली दें—
मेरी तो इनके सहारे ही सुबह-शाम कटी।

आज दिन ईद, क्या करे कोई,
लग गई नींद क्या करे कोई;
जिनकी सूरत नज़र नहीं आती,
उनसे उम्मीद क्या करे कोई ?

धूप रँगे धान, सुहाने लगे,
आँगन के पेड़ छँहाने लगे;
मेरे घर, मेरे मन-देवता!
जब से तुम आने-जाने लगे।

रात चौगुनी दिन दूना लगता है,
अँजुरी का अनाज घूना लगता है;
चली गई है हवा, रहा गया हूँ मैं,
आज बहुत सूना-सूना लगता हैं।

दूर-दूर तक फैली हुई जड़े हैं;
एक हमीं हैं जो उखड़े-उखड़े हैं;
फटे बाँह के कुरते की लम्बाई,
जोड़ रहे हैं जब से हुए बड़े हैं ।

खत्म नहीं होगा क्या कुहरे का दायरा,
मुक्त नहीं होगी क्या देवकी-वसुन्धरा;
कब तक रहेगी, आखिर कब तक विश्व में
दुर्योधन, कंस, जरासन्ध की परम्परा।

नन्दलाल पाठक

बुझाने को दिया, तूफ़ान जब कोई मचलता है,
न आँचल में शरण मिलती न कोई जोर चलता है।
मगर तूफ़ान को भी जो जलाकर खाक कर डाले—
न जलता आँसुओं से वह, लहू से दीप जलता है।

आदमी बेमौत फिर मरने लगा,
आदमी से आदमी डरने लगा;
दुश्मनों से दोस्ती तो दूर है,
दोस्तों से दुश्मनी करने लगा।

अमृत की प्राण-रक्षा के लिए विषपान होता है,
अमर जो देश को कर दे, मरण वरदान होता है;
शहीदों के लहू से चित्र बनता आज है कल का;
किसी भी सृष्टि से पहले प्रलय का गान होता है।

नरेन्द्र 'चंचल'

रूप की धूप पर विश्वास नहीं होता है,
बाग़ में रोज़ ही मधुमास नहीं होता है;
ज़िन्दगी जलता हुआ एक मरुस्थल है दोस्त !
प्यार की प्यास में एहसास नहीं होता है।

कहाँ कौन मंज़िल; डगर जानती है,
कहाँ नीर कम है, लहर जानती है;
है मोती कहाँ औ' कहाँ सीपियाँ हैं,
तटों से न पूछो, भँवर जानती है।

पथिक थक गया है, डगर कब थकी है,
हृदय थक गया है, नज़र कब थकी है,
किसी सिन्धु के माँझियों से तो पूछो—
समन्दर थका है, लहर कब थकी है!

नरेन्द्र तिवारी

स्वप्न में भी सुख कभी मैंने न पाया,
रोग जीवन से कभी मुझको न आया;
ज़िन्दगी में प्यार पाने के लिए—
चढ़ हवा पर दर्द मेरा घूम आया।

हर चमकती चीज़ तो सोना नहीं होता,
सिर्फ भावुकता कभी रोना नहीं होता,
दर्द पीकर मुस्कराओ और यों समझो—
वस्तु की दूरी उसे खोना नहीं होता।

चाँदनी की रात मन पर तीर बरसाती रही,
हर किरन हर बार आकर मर्सिया गाती रही;

हर किरन का 'फिर मिलेंगे' सुन रहा था मैं,
इसलिए ही याद तेरी रात-भर आती रही।

घट नहीं पाया अभी तक दर्द मन का,
हर तरह से हार बैठा हर तरीका;
घेर बैठी हार है मन की परिधि को,
बन चुका हूँ स्वर किसीके मर्सिया का।

निरंकारदेव सेवक

चाँदनी रात थी सन्नाटा था,
तुम न थीं दिल में ज्वार-भाटा था;
एक पत्थर को भर भुजाओं में—
मैंने मुश्किल से वक़्त काटा था।

द्वार की ओट से चितवन को बहुत देखा है,
मैंने रस-राग-भरे मन को बहुत देखा है;
तुम दिखाने को मुझे यह क्या छटा लाई हो !
मैंने इस प्यार के दर्पण को बहुत देखा है।

तू किसीका कभी अपना न पराया होता,
नाम पर तेरे यह भ्रम-जाल न छाया होता;
हिन्दू - ईसाई - मुसलमान बनाने वाले!
तूने इन्सान को इन्सान बनाया होता।

भावना से बड़ा भगवान नहीं हो सकता,
कल्पना से कड़ा पाषाण नहीं हो सकता;
देवताओं की तरह पुजते तो देखे हैं बहुत,
लेकिन हर आदमी इन्सान नहीं हो सकता।

देवता कोई भी हो शीश झुकाता हूँ मैं,
अपनी आदत से विवश अपने को पाता हूँ मैं;
और जब कोई कहीं भी नहीं मिल पाता है,
पथ के पत्थर को महादेव बनाता हूँ मैं।

नीरज

हर आँख यहाँ यूँ तो बहुत रोती है,
हर बूँद मगर अश्क नहीं होती है;
पर देखके रो दे जो ज़माने का ग़म,
उस आँख से आँसू जो गिरे मोती है।

कर्ज रो-रोके भरा उम्र की सब किस्तों का ;
और सम्मान किया वक्त के सब रिश्तों का;
फिर भी कुछ मुझमें कमी है तो न गाली दो मुझे,
आदमी टूटा हुआ ख्वाब है फ़रिश्तों का।

हर स्वप्न है रो-रोके सुलाने के लिए,
हर याद है घुल-घुलके भुलाने के लिए;

जाती हुई डोली को न आवाज़ लगा,
इस गाँव में सब आये हैं जाने के लिए।

काँपती लौ, यह सियाही, यह धुआँ, यह काजल,
उम्र सब अपनी इन्हें गीत बनाने में कटी;
कौन समझे मेरी आँखों की नमी का मतलब;
ज़िन्दगी वेद थी पर जिल्द बँधाने में कटी।

कफ़न बढ़ा तो किसलिए नज़र तू डबडबा गई,
सिंगार क्यों सहम गया बहार क्यों लजा गई;
न जन्म कुछ, न मृत्यु कुछ, बस इतनी सिर्फ बात है—
किसी की आँख खुल गई, किसीको नींद आ गई।

नीरव

एक यह स्वप्न-सा अज्ञात देखता हूँ मैं,
और इस जन्म के दिन-रात देखता हूँ मैं;
यों कहो तो तुम्हें भगवान बनाकर देखें,
किन्तु कुछ और बड़ी बात देखता हूँ मैं।

एक मैं हैं एक मेरा गान है,
स्वप्न है जो सत्य से छविमान है;
याचना कल के लिए अब क्या करूँ,
आज का जीवन स्वयं वरदान है।

एक रस रूपता हुए तो क्या,
तुम अखिल पूर्णता हुए तो क्या:
मूक बन प्राण-हीन पत्थर बन,
तुम बड़े देवता हुए तो क्या !

आनन पर ज्योति जगीअधरों पर फूल खिले,
नयनों में गंगा से यमुना के कुल मिले;
शैशव के कंधों पर यौवन की रानी ने—
धीरे से पाँव धरा अग-जग दिक् व्योम हिले ।

जो हरा घाव है उस घाव को भरना सीखो,
जो भरी आँख है तुम उसमें उतरना सीखो;
यह पराया है यह अपना, यह बात छोटी है,
तुम बड़े हो तो बड़ी बात भी करना सीखो।

नीलकण्ठ तिवारी

बचपन आया मैंने उसको जीवन की हर आशा दे दी,
यौवन आया मैंने सुन्दर कर्मों की अभिलाषा दे दी;
जबकि बुढ़ापा आया अनुभव और ज्ञान की भाषा दे दी,
आई मौत उसे तब हँसकर जीवन की परिभाषा दे दी।

पड़े मुसीबत इतनी मुझपर सभी मुसीबत कम हो जाए,
थके न दिल की कभी जवानी चाहे साँस खतम हो जाए।

दुख की ज्वाला में तप-तपकर इतना ख़ून गरम हो जाए,
पर्वत पर भी पाँव धरूं तो वह भी ज़रा नरम हो जाए।

है स्वार्थ का धन ऐसा धन, जो निर्धन से छीना होता है,
पर त्याग के हर आँसू में भी सावन का महीना होता है;
आलस में जिये, अमृत भी पिये, वह ख़ून का पीना होता है,
मेहनत का पसीना जब गिरता, कंकर भी नगीना होता है।

वह जोना क्या जीना, जिसमें जीने का अरमान नहीं,
अरमान नहीं अरमान कि जिसमें तड़प नहीं, तूफ़ान नहीं;
तूफ़ान नहीं तूफ़ान कि जिसकी ठोकर में निर्माण नहीं,
निर्माण नहीं निर्माण जो फूँके पत्थर में भी प्राण नहीं।

बहुत-से लोग बस अपने दुखों के गीत गाते हैं,
दिवाली हो कि होली हो, सदा मातम मनाते हैं;
मगर दुनिया उन्हींकी रागिनी पर झूमती हरदम,
कि जो जलती चिता पर बैठकर बीना बजाते हैं।

परमेश्वर द्विरेफ

थोड़ा ही धूमिल प्रकाश, पर बुरा नहीं है,
अमृत का कण एक, किन्तु वह सुरा नहीं है;
तुमने सुना हुआ नन्हा-सा गीत सुनाया,
जैसा भी हो, लेकिन वह बेसुरा नहीं है।

मन ने अब तक कोई स्थायी बीज न रोपा,
इधर-उधर से लिया-दिया, ऊपर से थोपा;
इतने आये और गये उसके चरणों में,
लेकिन किसने अपनी इच्छाओं को सौंपा ?

कल जो सोचा था वह सचमुच आज हुआ क्या?
कभी लक्ष्य तक पहुँचेगा जीवन-कछुआ क्या ?
कितनी इच्छाएँ ये प्रति दिन डूब रही हैं,
किन्तु भरेगा जीवन का यह अंध-कुआँ क्या ?

प्रकाश जैन

सपनों के कलश सभी फूटे या रीत गये,
जैसे भी आये दिन आँसू बन बीत गये;
टीस उठी, दर्द हुआ, घाव हुए हरे मगर—
मन कैसा पागल है, गाता है गीत नये ।

सोने की प्राचीरों में दुनिया बंदी है,
चाँदी की चकमक से यह दुनिया अंधी है;
कौन आज जाये मन का संतोष खोजने—
स्वार्थों की गलियाँ ही कुछ इतनी गंदी हैं।

कौन-सा है प्रश्न जिसका चाहते उत्तर ?
कौन-सा है गीत जिसका खोजते हो स्वर ?

कौन जिज्ञासा कि जिसकी धधकती तृष्णा—
जी रही है जबकि सम्मुख आ गया पतझर।

आज हवा में उड़ी न जाने कैसी एक उमंग,
जन-जन के मानस में उमड़ी जैसे नई तरंग;
जब मैंने पूछा, आकर कोई कानों में बोला—
और नहीं कुछ है केवल यह होली का हुड़दंग।

प्रभात तिवारी

रंगीन है ज़िन्दगी, मगर ये सपना—
लगता है मुझे गर्म तवे पर तपना;
ये बारे-हयात आज उठता भी नहीं—
ऐ मौत ! ज़रा हाथ लगा दे अपना।

वो जाम, जो हाथों से अभी छूट गया;
गिरते ही हमेशा के लिए फूट गया;
जीने का सहारा, ये सहारा कैसा—
उम्मीद न थी जिसकी वही टूट गया।

हाँ, आज तेरे क़रीब आया हूँ मैं,
लाया है मेरा नसीब, आया हूँ मैं;
ऐ मौत ! मौत की दौलत दे दे,
हो करके बहुत ग़रीब आया हूँ मैं।

मैं दूर से छटपटा के देखूँ पहले,
या मौत ज़रा हटा के देखूँ पहले ;
शायद है कोई शक्ल निकल आएगी,
दरवाज़े को खटखटा के देखूँ पहले।

जकड़े हुए क़ैदी को छुड़ा दे साक़ी !
साँकल की कड़ी-कड़ी तुड़ा दे साक़ी !
दीवानों की फ़ेहरिस्त से, सच कहता हूँ,
तू आज मेरा नाम उड़ा दे साक़ी!

बलदेवप्रसाद मिश्र

जीवन-समुद्र में हवा और पानी दोनों—
रचते रहते हैं खेल अमिट निज रंगों में।
बुलबुला किसी दिन मिटता हो तो मिटे भले,
जब तक है तब तक खेले मस्त तरंगों में॥

सम्मान मिले हैं तो अपमान मिलेंगे ही,
प्रत्येक प्रात-संध्या को न्योत बुलाता है;
पर जो काली रातों का ज़हर पचा जाये,
वह ही शिवशंकर महादेव कहलाता है।

निश्चय समझो जो कभी तुम्हारा बाधक था,
वह देख तुम्हारा तेज स्वयं साधक होगा।

तुम अपने आदर्शों के आराधक हो लो,
पथ स्वयं तुम्हारे पद का आराधक होगा॥

आरोही स्वर है सुख, तो दुख अवरोही स्वर,
चैतन्य जगत आनन्द-राग यों गाता है।
इस वृन्दवाद्य में तू भी तो सम्मिलित मनुज!
फिर अपनी वीणा क्यों बेसुरी बनाता है?

दुनिया को हक़ है वह अपने पथ से विचरे,
मुझको भी हक़ है मस्त रहूँ निज मस्ती में।
अपने-अपने मन का सौदा सब लेते हैं,
बाज़ार बड़े हैं ईश्वर की इस बस्ती में॥

बलवीरसिंह 'रंग'

गाँव के एक छोर पर मैं हूँ,
दूसरे छोर पर तुम्हारा घर ;
दिल से कहता हूँ कोई सुन लेगा,
नाम लेकर न यूँ पुकारा कर।

मौसमे-ख़ुशगवार क्या कहिए,
ये फ़िज़ा ये बहार क्या कहिए ;
ऐसे आलम में क्या मुनासिब है,
आपसे बार-बार क्या कहिए ?

ख़्वाब, हर-शब हसीं, नहीं होता,
ऐसा होगा, यक़ीं नहीं होता ;
कोई शैताँ कोई फ़रिश्ता है,
हर बशर आदमी नहीं होता।

ढंग अपना जुदा हो गया है,
क्योंकि बन्दा ख़ुदा हो गया है,
बात करता है इन्सानियत की—
'रंग' को जाने क्या हो गया है।

ऐसी आशा तो थी नहीं तुमसे,
मुझ पै अहसान करके मानोगे;
मैं समस्याएँ नित करूँ पैदा,
तुम समाधान करके मानोगे।

ब्रजकिशोर 'नारायण'

हमें भूलने की इजाज़त नहीं है,
तुम्हें याद करने की आदत नहीं है;
यह आदत तुम्हारी तुम्हें हो मुबारक,
हमें तुमसे कोई शिकायत नहीं है।

नफ़रत की तमन्ना हो तो प्यार कीजिए,
बेअक्ल कहाना तो आभार दीजिए;

ख़ुशियों में डूब जाने की हिदायत है बेहिसाब,
हो चाह गालियों की तो उपकार कीजिए !

अब दवा क्या, दर्द क्या, या मौत क्या,
तुम मिले, बिछुड़े, पराये हो गये;
हम भी ख़ूँ से, आँसुओं से, रूह से,
तीन ही कविता सुना के सो गए।

बनाव ऐसा न हो कि तनता ग़ायब हो जाय,
तनाव ऐसा न हो कि घनता ग़ायब हो जाय;
मानवता आगे बढ़े, चरण चढ़ें चाँद पर,
चुनाव ऐसा न हो कि जनता ग़ायब हो जाय।

हिफ़ाज़त ऐसी न हो कि हफ़ीज़ ग़ायब हो जाय,
दवा ऐसी न हो कि मरीज़ ग़ायब हो जाय;
क़द्रदानी ख़ूब बढ़े और हमदर्दी भी,
तारीफ़ ऐसी न हो कि तमीज़ ग़ायब हो जाय।

ब्रजराज पाण्डेय

रास-रहित लोचन-तुरंग उच्छृङ्खल होकर,
मन-मतंग के सुधि-घावों को करते गहरा।
जग की नज़रों का काँटा बनने के भय से,
नयन-अश्व पर लज्जा की रासों का पहरा॥

कर्मवीर के आगे पथ को—
हर पत्थर साधक बनता है;
दीवारें भी दिशा बतातीं,
मानव जब आगे बढ़ता है।

ज्योतिको जलने न पाती एक क्षण भी,
दामिनी को डाह होती सौत पर।
'बिधि-सुदर्शन' से बचा कब युक्ति का 'शिशु',
साँस का पहरा लगा है मौत पर॥

बाबूलाल शर्मा 'प्रेम'

चाँदनी, चाँद, सितारों का कोई काम नहीं,
प्यार के मौन इशारों का कोई काम नहीं
भेजना चाहते हो, भेज दो पतझर, लेकिन—
जो नहीं तुम, तो बहारों का कोई काम नहीं।

दर्द के द्वार पै फ़रियाद किया करता हूँ,
रात तनहाई की आबाद किया करता हूँ;
जब न राहत का बहाना कोई मिलता दिल को—
गोत गाता हूँ, तुम्हें याद किया करता हूँ।

नभ-दिशाओं में मदिर उल्लास छाया है,
नैन में चंचल, प्रणय-अधिवास छाया है;

फिर हँसे शतदल, महक से घाटियाँ झूमीं—
फिर बजी वंशी, लगा मधुमास आया है।

बालकवि बैरागी

वो कहती है, मैं गीतों में चाँद नहीं ला पाता है,
और सितारों की दुनिया के इसी पार रह जाता हूँ;
क्या समझाऊँ उस पगलीको, जिसको ये भी पता नहीं—
भार बना मैं जिस धरती पर, गीत उसीके गाता हूँ।

कभी-कभी मैं भी सुनता हूँ, चाँद गगन में आता है,
और करोड़ों तारों पर कुछ यों ही रौब जमाता है;
बरबस हँसना ही पड़ता है, जब मैं यह भी सुनता हूँ,
मावस की गलियों में जाते बेचारा घबराता है।

पण्डित ! तू तो कहता था, पाषाण पिघल जाएगा;
काज़ी ! तू भी बोला था, रहमान बदल जाएगा;
अब भी अवसर है, समझा लो, वरना फिर रोओगे,
ईश्वर-अल्ला को भूखा इन्सान निगल जाएगा।

गगन बंधेगा, पवन बँधेगा, बहता जल बँध जाएगा,
धरा, अनल सब मानव की गठरी में स्वयं समाएगा;
पंचतत्त्व के पगले पुतले कवि का फिर भी दावा है, प्रलय
उसी दिन होगी जिस दिन कवि का स्वर बंध जाएगा।

आज भले ही पत्थर बनकर तू मुझको ठुकराएगी,
मुझे छोड़कर किसी और के सपनों में बस जाएगी;
तुझसे जितना हो तू कर ले, लेकिन ये भी सुन लेना,
मैं तो पनघट तक ही आया, तू मरघट तक आएगी।

बालस्वरूप राही

जानता हूँ कि गैर हैं सपने
और ख़ुशियाँ सभी अधूरी हैं;
किन्तु जीवन गुज़ारने के लिए
कुछ ग़लतफ़हमियाँ ज़रूरी हैं !

दर्द के हाथ बिक गईं ख़ुशियाँ,
और हम बेचकर बहुत रोये;
जैसे कोई दिया जला तो दे,
किन्तु फिर रात-भर नहीं सोये !

दूर तक एक भी आता है मुसाफ़िर न नज़र,
ये भी मालूम नहीं रात है ये, या कि सहर;
मेरे अस्तित्व के बस दो ही निशाँ बाक़ी हैं :
एक बुझता-सा दिया, एक टूटी-सी क़बर।

रात आती है, तेरी याद में कट जाती है,
आँख रह-रहके सितारों-सी डबडबाती है;

इतना बदनाम हो गया हूँ कि मेरे घर में
आजकल नींद भी आते हुए शरमाती है।

रात चुपचाप है पर चाँद तो ख़ामोश नहीं,
कैसे कह दूँ कि ख़ुदा आज फ़रामोश नहीं;
ऐसा डूबा हूँ तेरी आँखों की गहराई में,
हाथ में जाम है, पीने का मगर होश नहीं।

भगवतशरण चतुर्वेदी

बहुत चाँद देखे कि ललचा गया मैं,
अजाने ही उनके क़रीब आ गया मैं;
मगर जब तुम्हारी मुझे याद आई—
तुम्हारी क़सम, ख़ुद से शरमा गया मैं।

ख़िज़ाँ में कली मुस्कुराई नहीं,
जवानी बिना आँख भाई नहीं;
बहुत चाहा मैंने गुज़र जाए उम्र,
बिना प्यार के साँस आई नहीं।

मस्जिद में गया तो मैं ईमान भूल आया,
मंदिर में गया तो मैं इन्सान भूल आया;
जिस रोज़ मगर गुज़रा उस प्यार की गली से—
सब कुछ बचाके लौटा, भगवान भूल आया।

भगवानदास 'भ्रमर'

मुस्कुराहट तुम्हीं से मिलती है,
एक राहत तुम्हीं से मिलती है;
रूठना मत कहीं बहारों में,
गुनगुनाहट तुम्हीं से मिलती है।

आँख से बचके रह न पाओगे,
बात होंठों की कह न पाओगे;
मैं न आया तुम्हारे सपनों में,
किसको दिल की लगन दिखाओगे।

उठाके आँख तो देखो कहाँ हो,
नहीं है दोस्त ये मंज़िल जहाँ हो;
न बैठो हार कर, पोंछो पसीना,
उठो, सँभलो, अभी तो तुम जवाँ हो।

तुमको अपना बनाके देख लिया,
पास और पास आके देख लिया;
एक तुमसे थी वफ़ा की उम्मीद,
धोखा इक और खाके देख लिया।

देश अपना है, शान अपनी है,
अन अपनी है, बान अपनी है;

रंग लायेगा देश पर मिटना,
बढ़ चलो, यारो, जान अपनी है।

भारतभूषण

फ़ासला कुछ भी नहीं, फिर भी बड़ा है,
क्योंकि हम-तुम पास, पर परदा पड़ा है;
चाहता तो हूँ सभी बंधन मिटाने,
किन्तु मुझपर साँस का पहरा कड़ा है।

नव उषा भरकर सुनहला थाल लाई,
किन्तु माथे पर चरण की छाप पाई;
ब्याज हिम के गल हिमालय ने कहा फिर—
गर्व ने मेरे मनुज से हार खाई।

बाग़ सुन्दर है कि जो सम्मुख खड़ा है,
किन्तु माली का नियम थोड़ा कड़ा है;
धूल बनने के लिए ही ज़िन्दगी-भर—
कंटकों में फूल को खिलना पड़ा है।

बाँह में भरकर धरा को नभ खड़ा है,
चाँदनी रथ पर लिये चंदा चढ़ा है;
है बना अस्तित्व धरती का तभी तक—
जब तलक कण-कण अधर जोड़े पड़ा है।

एक तुम हो कि जिसे प्यार भी याद नहीं,
एक मैं हूँ जिसे और कुछ याद नहीं;
ज़िन्दगी-मौत के दो ही तो तराने हैं—
एक तुम्हें याद नहीं एक मुझे याद नहीं।

भूपेन्द्रकुमार स्नेही

हर प्यास छलकती चली गई,
हर याद महकती चली गई;
तुमने घूँघट क्या सरकाया,
हर रात बहकती चली गई।

प्रतीक्षा की उमर अब चुक गई है,
उठी थी जो नज़र वो झुक गई है,
सितारे रात-भर अब क्या गिनें हम;
सहर जाने कहाँ पर रुक गई है?

जाते-जाते सुधि का दीप बाल जाते हो,
मन पर इन्द्रजाल-सा मधुर डाल जाते हो;
और तुम्हारो यह आदत है बहुत पुरानी,
बात-बात में मेरी बात टाल जाते हो।

चाहे युग-युग से है जोवन साथ गुज़ारा,
फिर भी कैसे हो सकता है मिलन हमारा;

सीमित अस्तित्व बिन्दु तक केवल मेरा,
और वृत्त का सा है यह विस्तार तुम्हारा।

मंजुले मयंक

ऐसी ऐप्लीकेशन हूँ,
अंडर कंसिडरेशन हूँ;
जब चाहे तलाक़ दे दो,
हस्बैंड - ऑन - प्रोबेशन हूँ।

ख़ामोश हूँ मैं लेकिन दिल जैसे बोलता हो,
अपना मुझे समझकर कुछ राज़ खोलता हो;
इस दिल में याद उनकी यूँ घूमती है हरदम,
जैसे मकाँ के कोई ग़ोशे टटोलता हो।

उनकी नज़र ने मेरे अश्कों को ऐसे देखा,
काँटे पै जैसे कोई मोती को तोलता हो;
उनकी नज़र ने मेरे अश्कों को ऐसे चूमा,
जैसे शराब कोई शबनम में घोलता हो।

जब पुकारा था ख़ुदा ने 'कौन लेगा दर्दो-ग़म,
हाय कमबख़्ती ज़बाँ पर आ गया था 'हम सही'।
लुट न जाएगी मसीहाई तेरी इतना तो कर,
दिल की घायल हसरतों पर शायरी मरहम सही।

गुलशनो-गुल जुदा-जुदा, बाग़बान एक है,
चाहे ज़मीन बाँट लो, आसमान एक है;
तर्ज़े बयाँ अलग-अलग, लेकिन बयान एक है,
लब की ज़बानें और हों, दिल की ज़बान एक है।

मदनस्वरूप 'मनोज'

हर मधुरतम गीत आहों में पला,
पी तिमिर के रोष को दीपक जला;
मंज़िलें खुद ही निकटतम आ गईं,
आदमी जब आस्था लेकर चला।

दर्द से मिलके मेरे गीत निखर जाते हैं,
डूबके अश्रु के सागर में उभर जाते हैं;
उलझनें खुद ही सुलझ जाती हैं सब दुनिया की,
जब तेरी याद के अफ़साने बिखर जाते हैं।

चाक हो जाए गरेबान, तो सी लेते हैं,
मौत से आँख मिलाते हुए जी लेते हैं,
जाम बदनाम न हो जाए इसी कारण हम—
जब भी पीना हो तो बस आँख से पी लेते हैं।

बिना चाँदनी चाँद खिलते न देखा,
बिना स्नेह के दीप जलते न देखा;
बिना बादलों के रही भूमि प्यासी,
बिना प्यार जीवन सँभलते न देखा।

ज़िन्दगी पर रात-दिन है मौत का पहरा,
पास ही मधुमास के पतझार है बहरा;
आज पूनम की सुहानी रात में गा लें,
कल धरा की गोद में होगा तिमिर गहरा।

आँख रोई जब किसीने फूल को मसला,
जबकि कोई चढ़ शिखर पर अन्त में फिसला;
प्राण लेकिन खिलखिलाकर हँस पड़े उस क्षण,
जब ज़रा-सा बीज भूतल चीरकर निकला।

साँस का पिंजरा किसी दिन टूट जाएगा,
हर मुसाफ़िर राह में ही छूट जाएगा;
हर किसीको प्यार कर लो, प्यार लो सबका,
क्या पता कब प्यार का घट फूट जाएगा !

एक अंकुर के लिए भू का हृदय खुलता,
बूँद बनने को समन्दर मेघ बन गलता;

हीन अपने को न समझो यातना वालो !
चाँद लाने के लिए रवि शाम को ढलता।

मधुर शास्त्री

साथ मेरे हैं दुआएँ इज़ार यारों की,
आदतें हों भले ही गुनहगार यारों की;
कुछ नहीं पाया मगर इतना तो मिलेगा हो—
साथ ले जाऊँगा कुछ यादगार यारों की।

मैंने रक्खा है हर भरम दिल का,
मैंने चूमा है हर क़दम दिल का;
दिल दुखाने को मेरी चाह नहीं—
मैं न नम-सा हूँ बेरहम दिल का।

देख मुझको इस तरह सोचो नहीं,
मैं सदा था इस तरह सोचो नहीं;
टूटता तारा नहीं कोई नया,
टूटते सब इस तरह सोचो नहीं।

ये तन सो गया है, ये मन सो गया है,
न मैं ही अकेला, भुवन सो गया है;
न दिल में किसीके किसीसे मुहब्बत,
क्या इनके घरों का अमन सो गया है ?

मनमोहन तिवारी

पीर बढ़ती जा रही है क्या करूँ,
साँस घुटती जा रही है क्या करूँ;
कट न पाती ज़िन्दगी तेरे बग़ैर—
उम्र बढ़ती जा रही है क्या करूँ?

हर यौवन ने मिल प्रीत-तराना गाया,
स्वर में डूब, मदहोश हुआ, इठलाया;
पर ज्यों ही सच्चे स्वर की बारी आई—
लय टूटी, पावन गीत अधूरा पाया।

दीप जलते ही रहे, प्रकाश पर टोली सजाये,
रात बहती ही रही, तम का गहन आँचल उड़ाये;
साँस आती हो रही प्रतिपल किसीकी याद लेकर,
सिसकियाँ सज गीत बनती ही रहीं, पर तुम न आये।

महातमराय 'विनोद'

उन्हींके वास्ते हँसता हूँ, आह भरता हूँ,
उन्हींके वास्ते सदक़ें हज़ार करता हूँ;
मुझे इन्सान की सूरत से है नफ़रत, लेकिन—
उन्हींके वास्ते दुनिया को प्यार करता हूँ।

मार्ग भी ठीक से कोई नहीं बताता है,
भ्रांति में सत्य कभी सामने न आता है;
जिसकी चोरी से भटकता था चाँदनी के लिए—
देखता हूँ कि उसे चाँद सर झुकाता है।

आज तक क्या हमारा हुआ,
दर्द में ही गुज़ारा हुआ;
टूटते ही गये आसरे,
आँसुओं का सहारा हुआ।

ज़िन्दगी से था घबरा गया,
तो उन्हें देखने आ गया;
देख ली उनकी सूरत जहाँ,
फिर वही ज़िन्दगी पा गया।

महेश संतोषी

मेरे नयनों में बंद एक सपन रोता है,
मेरी पलकों को कोई बार-बार धोता है;
साँस दबती है आँसुओं के उमड़ आने से,
कभी ऐसे भी तो इंसान दफ़न होता है !

मेरे गीतों को किसी स्वर ने बुलाया ही नहीं,
मैं यह समझूँगा मैंने उम्र-भर गाया ही नहीं;

मेरी धरती तो चाँदनी से अछूती ही रही,
मेरे अम्बर में कोई चाँद बन आया ही नहीं !

प्यार की मंज़िलों तक तो मैं कई बार गया,
कभी डूबा तो कभी हौसले से पार गया;
हारने-जीतने की तो ऐसी कोई बात नहीं,
अगर तुम जीत समझते हो तो मैं हार गया।

आते-जाते किसीकी साँस तुम्हें प्यार करे,
तुम्हारी माँग कोई रोज़ बहारों से भरे;
मेरी मिट्टी को कफ़न भी कहीं मिले न मिले,
तुम्हारी गोद कोई चाँद-सितारों से भरे।

मैं तुम्हें शब्द में साकार किये जाता हूँ,
नित नये गीत के उपहार दिये जाता हूँ;
मजबूरियों में प्यार का यह आलम है—
भूलना चाहता हूँ, याद किये जाता हूँ।

मुकुटबिहारी सरोज

एक रंगीन ख़्वाब देखा है,
दूसरा आफ़ताब देखा है;
हमने देखा नहीं क़यामत को,
आपको बेनक़ाब देखा है।

दौर हो जाय एक अच्छा है,
और हो जाय एक अच्छा है;
आरज़ू तो हज़ार हैं लेकिन—
ग़ौर हो जाय एक अच्छा है।

ज़िन्दगी, केबल न जीने का बहाना,
ज़िन्दगी, केवल न साँसों का ख़ज़ाना;
ज़िन्दगी, सिन्दूर है पूरब दिशा का,
ज़िन्दगी का काम है सूरज उगाना।

बात ही बात में विश्वास बदल जाता है,
रात ही रात में इतिहास बदल जाता है;
तू मुसीबतों से न घबरा अरे इन्सान !
धरा की क्या कहें आकाश बदल जाता है।

समय लिखेगा जिन कलियों का सोने-सा इतिहास,
सुबह-शाम दुहराएगा जिनकी वाणी आकाश;
उन कलियों की आँख अभी कुछ भीगी-भीगी है,
आएगा तो सही, मगर कुछ देर बाद, मधुमास।

मोहन अम्बर

मत रे प्राण पिघल,
मत कर आँख सजल;

आज नहीं तो कल,
मर जायेगा छल।

जितना ज़हर पिलाया जग ने मेरे भावुक प्राण को,
उतना ही अमरत्व मिला है मेरी गीति-पुराण को;
इसीलिए मैं संघर्षों को अपना ईश्वर मानकर,
रोज़ लगाता हूँ ठोकर पुजने वाले पाषाण को।

तन मेरा कमज़ोर भले हो, मन लेकिन कमज़ोर नहीं,
मेरा छंद हृदय बहलाने वाला केवल शोर नहीं;
क्योंकि अदालत में दुनिया की मैं भी एक वकील हूँ,
पर जो सच्चाई खा जाये, ऐसा आदमख़ोर नहीं।

अमृत बनकर विष-बादल से, मेरे गीत उतरते हैं,
जितना ज़्यादा मैं घायल हूँ, मेरे गीत मुखरते हैं;
जहाँ घटाता हूँ मैं अपनी उम्र ज़माने के ख़ातिर—
उसी मशीनी कोलाहल में मेरे गीत सँवरते हैं।

योगेन्द्र त्यागी 'हिमकर'

छली है रूप, प्यार मत करना,
चाँद से आँख चार मत करना;
भूलकर भी कभी यहाँ ऐ दोस्त !
फूल का एतबार मत करना।

दीपों से सुबह रात नहीं बन सकती,
आँसू से तो बरसात नहीं बन सकती;
कर डालो जतन लाख ऐ मेरे भाई !
पर बिगड़ी हुई बात नहीं बन सकती।

हर अँधेरी देन है उजियार की,
सृष्टि हर उपक्रम नये संहार की;
यह वसन्ती आगमन मधुमास का—
भूमिका-भर है किसी पतझार की।

इस पहर जो भी मिला फिर वो उस पहर न मिला,
यानी जो शाम मिला था वो फिर सहर न मिला;
उम्र कहने को हमउम्रों में गुज़ारी, लेकिन—
एक भी दोस्त उम्र-भर का उम्र-भर न मिला।

रमा सिंह

तैरते तिनके, झुलाती धार है,
डूबता कंकड़; बहुत लाचार है;
कौन भारी और हल्का कौन है —
तोलना ही लहर का व्यापार है।

बहुत उफनाता जलधि का ज्वार है,
किन्तु बहने को नहीं अधिकार है;

जो बहुत गहरा वहीं मंथन बहुत
और वह गहरा जहाँ पर क्षार है।

एक पल में उठ रहीं लहरें कई,
दूसरे पल दिख रहीं खण्डित हुई;
एक ऐसी भी लहर इनमें उठी,
रेत पर तस्वीर बनकर रह गई।

रवि सारस्वत

जब से तुमने सरल दृष्टि से मुझको प्रिये ! निहारा,
रूप, प्यार को मादकता का लेने लगा सहारा;
घुट-घुटो-सी चुभन टीस को जीवन बनकर नाची,
लगने लगा तभी से मैं भी अपने को खुद प्यारा।

क्षीर सिन्धु का अभिनव सुषमा नीलाम्बर में छाई,
वर्षा ऋतु के अरमानों ने दूधों से नहलाई;
पूर्ण-प्रणय-सी चपल-रूपसी इसपर रात कुँवारी—
आग लगाती, आग बुझाती, शरद्-पूर्णिमा आई।

घूँघट के अन्तःपुर में ही प्रिय छबियों का मेला,
प्राण ! लगा रहने दो योंही है यौवन मधु-बेला;
प्यार रूप के इसी द्वैत से बनी वेदना जीवन,
तुमको शपथ लाज की गोरी रहे न दर्द अकेला।

राजेन्द्र सेठ 'प्रदीप'

जितना भुलाया तुझ को, उतनी ही याद आयी;
जितना जलाया ख़ुद को, उतनी ही आग पायी,
यह क्या, भुलावा देकर, दुनिया की रीत कह दी—
'दिल तो हुआ है अपना, और प्रीत है परायी !'

जग समझता है कि मैं कवि हो गया हूँ,
क्या कहूँ, कैसे कहूँ, मैं कवि नहीं हूँ;
मैं अकिंचन चेतना का दीप केवल—
प्राण की बाती जलाकर जल रहा हूँ।

वतन की राह में तैयार हमें रहना है,
अमन की चाह में अब ज़ुल्म नहीं सहना है;
हमें क़सम है शहीदों के लहू की, उठ्ठो !
हराओ चीन को, दिन-रात यही कहना है।

हिन्द की जय के लिए...सौ बार हमें मरना है,
हर दुखी इन्सान का दुख-दर्द हमें हरना है;
दुश्मन बड़ा बेशर्म है, चखाना मज़ा इसको,
आराम है हराम, बहुत काम हमें करना है।

राधा

पत्थर को पूजो मत, वह है भगवान नहीं,
मानव के भविष्यत् का वह है समाधान नहीं;
कुंकुम से, रोली से, अबीरों, गुलालों से—
पथ का श्रृंगार करो, कोई व्यवधान नहीं।

सुख स्वयं ही एक पल अनुरक्ति है,
सुख स्वयं ही एक क्षण अभिव्यक्ति है;
मत उठाओ उँगलियाँ ओ मूढ़ उपदेशक !
प्यार जीवन की स्वयं सामर्थ्यपूर्ण विभक्ति है।

रामकुमार चतुर्वेदी 'चंचल'

जवानी चाँदनी पर आई हुई मालूम होती है,
हवा भी आज अलसाई हुई मालूम होती है;
दबी झीनी, गुलाबी, रेशमी मुसकान होंठों में,
किसीकी आँख शरमाई हुई मालूम होती है।

मृदुल उर की लता हिलती हुई मालूम होती है,
कली अनुराग को खिलती हुई मालूम होती है;
किसीके रूप को दूँ कौन-सी रंगीन उपमा मैं—
कि आँचल में शमा जलती हुई मालूम होती है।

हवा है साँस किसकी जोकि इतराई हुई सी है ?
किरण है देह किसकी जोकि अलसाई हुई सी है ?

गगन किसका दुपट्टा है कि लहराया हुआ सा है ?
घटा किसकी अलक है जोकि छितराई हुई सी है ?

कली किसकी सहेली है कि इठलाई हुई सी है ?
उषा किसकी नज़र है जोकि शरमाई हुई सी है ?
शिखर किसके उरज हैं जोकि यों माथा उठाये हैं ?
लहर किसकी जवानी है कि उफनाई हुई सी है ?

कुसुम-सी कंटकों के बीच में खिलती जवानी है,
डगर की धूल ही प्रत्येक राही की निशानी है;
युगों से सुन रही धरती, युगों से सुन रहा अम्बर,
हमारी ज़िन्दगी ही एक कविता है, कहानी है !

रामगोपाल परदेसी

तेरी नज़रों में गिरफ़्तार हुआ जाता है,
तेरी सूरत का तलबगार हुआ जाता है;
तुझसे कर चार नयन आज ज़माने-भर में
एक परदेसी गुनहगार हुआ जाता है।

जो तुमने दिया दर्द पिएँगे कैसा ?
जो तुमने किए घाव सिएँगे कैसे ?
संक्षेप में इतना ही बता देते हैं,
हमको नहीं चिन्ता कि जिएँगे कैसे ?

निर्धन हो या धनवान बराबर समझो,
निर्बल हो या बलवान बराबर समझो;
हमसे तो हरेक धर्म यही कहता है—
कैसा भी हो इन्सान बराबर समझो!

रामगोपाल 'रुद्र'

मिलन का सुख तुम्हींने तो विरह का दुख बनाया है,
तुम्हीं देखो कि देकर आँख तुमने क्या दिखाया है !
तमाशाई बना भेजा, तमाशा कर दिया मुझको,
भुलाया भी तुम्हींने, और कहते हो 'भुलाया है'!

गरल तुम दे नहीं सकते, सुधा मैं पी नहीं सकता,
दिया ही क्यों मुझे यह जग, जहाँ मैं जी नहीं सकता ?
विवश मैं ही नहीं इसमें तुम्हारी भी विवशता है—
कि जब तक होश है, यह घाव कोई सीं नहीं सकता !

तुम्हींको एकरस लगने लगा एकान्त का जीवन,
तुम्हारा चाहना था और कलरव बन गया चिन्तन;
लगा दिखने सही साबित, नहीं जो था कहीं, वह भी,
नज़रबन्दी हुई ऐसी कि दृग ही बन गए बन्धन !

रामजीशरण सक्सेना

हर तरफ़ आसमान काला है,
मुँह पै ख़ामोशियों का ताला है;
राह किसने दिखाई ऐसे में ?
यह किसी अश्क का उजाला है।

खेली भौंरों की प्यास फूलों से,
फूल खेले सबा के फूलों से;
खेल की उम्र कितनी छोटी है,
हमने, सीखा चमन की भूलों से।

ग़म का कुछ भी सबब नहीं मालूम,
ख़ुद तड़पते हैं, तब नहीं मालूम;
क्यों भटकते हैं पाँव राहों में,
इनको अपनी तलब नहीं मालूम।

तूफ़ाँ मचल रहे हैं निगाहे-शकेब में,
देखा है हमने दौर-दुआलम फ़रेब में;
उठना है तो गुनाह के गारों में जाके देख,
ऊँचाइयों का राज़ मिलेगा नशेब में।

रहने की यह जगह नहीं है यह दुनिया है ग़मखाना,
यहाँ छलकता ही रहता है सदा दुचश्मी पैमाना;

पी करके ही सही, मगर हँसते तो हैं पीनेवाले, काश
कहीं यह दुनिया की दुनिया बन जाती मयख़ाना।

रामनरेश पाठक

पूस की तुम धूप-सी हो, मैं मलय-चंदन,
हंसिनी के पंख पर चढ़ आ रहा यह स्वप्न,
नागफनियों की हंसी का क्या करूँ वारण ?
साँप से लिपटा हुआ है यह चतुर्दिक वन !

एक टुकड़ी धूप पीली आग, सोना भरी,
फूलतीं तुम पलाशों-सी, केतकी की तरी;
साँझ वैरागिन नदी-सी, गैरिकी-वसना,
जवाकुसुमों बीच मैं हूँ दूर बदली घिरी !

रेखाओं का जीवन, रंगों की आत्मा
तरल नदी सोने की, काजल की वर्षा;
नीले जल के बीच बहीं कस्तूरी गंधें
केवड़े की पत्तों-सी ओ रंगिनी हर्षा !

रामबहादुरसिंह भदौरिया

एक युग से दीप देहरी पर जलाकर जी रहा हूँ,
द्वार से घर तक अँधेरे को मिटाकर जी रहा हूँ;

क्या पता किस छन्द को अमरत्व दे दें स्वर तुम्हारे—
बस इसी विश्वास से मैं गुनगुनाकर जी रहा हूँ।

ऐसे महको कि बहारों को होश आ जाये;
ऐसे छलको कि सकारों को होश आ जाये;
चाँद-तारों से महफ़िल को सजानेवालो!
ऐसे गाग्रो कि मज़ारों को होश आ जाए।

घबराके कड़ी धूप से रुकना नहीं आया,
छाया के सामने न कभी सिर है झुकाया;
माली हूँ मुझे सिर्फ सुमन ही नहीं प्यारे,
शूलों का हृदय भी न कभी मैंने दुखाया।

न जाने कब से नयन हमारे बरस रहे थे, बरस रहे हैं;
सुनहरी आशा के पंख मन को परस रहे थे, परस रहे हैं;
ज़माना बदला मगर न बदली तुम्हारी महफ़िल की रस्म साक़ी!
न पीनेवालों में बँट रही है, जो पीनेवाले, तरस रहे हैं।

राममनोहर त्रिपाठी

नयनों का नीर कब बोला बन्धन हूँ,
अधरों का प्यार कब बोला चुम्बन हूँ;
अपने ही आप परिचय हो लेता है—
माथे की गन्ध कब बोली चन्दन हूँ।

सावन हूँ मरुथल की चिन्ता क्या ?
ख़ेत नहीं, बादल की चिन्ता क्या ?
हम मस्ताने गोरख के चेले—
आज बिताया कल की चिन्ता क्या ?

सभी का हृदय जीत लो आचरण से,
कि जैसे मदिर गंध वातावरण से;
है आशीष का मूल्य होता बहुत, पर—
नहीं लोग देते हैं अन्तःकरण से।

लोग कहते बादलों की छाँह में जाना नहीं,
और लहरों की प्रशंसा में कभी गाना नहीं;
बादलों को चूम, लहरों से गले मिल बह गया—
दोष इतना है कि मैंने बाँध को माना नहीं।

रामरिख 'मनहर'

अधर अधखुले, नयन अधमुँदे, लरजे लाल कपोल,
इसपर भी कुछ कमी लगी तो बोल दिए कुछ बोल;
औरों पर क्या बीतेगी, यह तुमने कभी न सोचा—
कई बार मुड़-मुड़कर देखा आधा घूँघट खोल।

गगन फिर गुनगुनाया है, धरा फिर कसमसाई है,
अजब उन्माद-सा लेकर तुम्हारी याद आई है;

तुम्हारी मद-भरी अँगड़ाइयों का ध्यान आने पर—
हवा चन्दन-वनों में भटक कर फिर लौट आई है।

मन गया है यों उचट ज्यों अनलिपा-सा ठाँव हो;
प्यार का परिचय झुलसती दुपहरी की छाँव हो;
वेदना कुछ यों विरह की एक धुँधली शाम-सी,
ज़िन्दगी कुछ यों कि ज्यों बेटी पराये गाँव हो।

कुसुम-काया कनक-सी पाँखरी की लाज खोती है,
महक से बावली माटी बहुत यों आज होती है;
नयन उन्माद से तन्द्रिल, अधर मुस्कान से बोझिल—
ज़रा धीमे चलो ऐसे बहुत आवाज़ होती है।

सुख में दुख में यों अंतर होता है,
दुख का क्षण-क्षण मन्वंतर होता है;
कह देने से दुख थोड़ा-सा घटता—
सह लेने से छुमन्तर होता है।

रामसेवक शम

प्यार के मौसम सदा रहते नहीं हैं,
आग औ' पानी कभी बँधते नहीं हैं;
आजतुम जो हो भला क्या कल रहोगी—
रात-दिन भी एक-से रहते नहीं हैं।

आज तो घूँघट तनिक फिर से उठा दो,
चाँद की किरणें तनिक खुलके लुटा दो;
आ रही है क्यों झिझक तुमको दुबारा—
प्यार को बाँहें तनिक फिर से बढ़ा दो।

मैं ज़माने के सभी ताने सहूँगा,
और बदले में न उनसे कुछ कहूँगा;
किन्तु कह दो, मैं तुम्हारी ही रहूँगी—
उम्र-भर तक मैं यूँही बैठा रहूँगा।

हर डगर को साथ देता ही गया हूँ,
हर नगर से प्यार लेता ही गया हूँ,
आ गया तूफ़ान फिर भी है मुझे क्या—
हर भँवर में नाव खेता ही गया हूँ।

खिल गया हूँ वो अचानक फूल हूँ मैं,
इसलिए तुमको खटकती भूल हूँ मैं;
अपना समझ अब माफ़ कर दो दोस्तो!
राह का परबत नहीं बस धूल हूँ मैं।

रामसेवक श्रीवास्तव

गंध मैंने पिया, मदहोश कोई और हुआ,
आँख मेरी झँपी, ख़ामोश कोई और हुआ;

वाह री पाक मुहब्बत, असर तुम्हारा है,
चोट मुझको लगी, बेहोश कोई और हुआ।

टूटी चूड़ी-सी बात, पाँव तले पड़ ही गई, दर्द
की एक लहर, आँख में उमड़ ही गई;
लाख चाहा था कि बच जाऊँ न देखूँ लेकिन—
राह ऐसे मुड़ी कि उन पै नज़र पड़ ही गई।

तुम्हें न सीख मिली दर्द को मिटाने की,
मुझे न शक्ति मिली याद कर भुलाने की;
तुम्हें है रोग अगर तीर ही चलाने का,
मुझे नशा है चोट खाके मुस्कराने का।

उनके आ जाते ही वीराने भी बस जाते हैं,
फूल आकाश के धरती पै बरस जाते हैं;
कितने अच्छे हैं निगाहों के ये बादल ऐ दोस्त!
जो मेरे जेठ-से होंठों पे बरस जाते हैं।

आदमी मोम है, दुख-दर्द में पिघलता है,
आदमी प्राग है, सूरज की तरह जलता है;
आदमी, जोकि मुहब्बत में सिर झुका देता,
उसकी नफ़रत से ख़ुदा तक का दिल दहलता है।

रामस्वरूप 'सिन्दूर'

छोड़ गए जो गीत, रूप ! तुम जाते-जाते,
अधर हो गए मूक यकायक गाते-गाते;
पलकें बन्द हुईं, लेकिन लय गूँज रही है,
हो जाएगा प्रात, नींद के आते-आते ।

मैं न कहूँगा दृष्टि तुम्हारी बाज़ारू तस्वीर है,
यदि तुमने कह दिया कि तेरी छिछली-छिछली पीर है;
लेकिन बात बता दूँ तुमको जानी-बूझी एक मैं,
गहरी से गहरी सरिता का उथला होता तीर है।

ज़िन्दगी तूफान से डरती नहीं है,
आँख में आँसू कभी भरती नहीं है;
लाख कोशिश कर मरें सौ-सौ बहाने;
गुप्त समझौता कभी करती नहीं है।

यों भीगेंगे नैन न ये, चोटों पर चोटें मारो,
मेरे पथ के रहे-सहे तुम सारे दीप उसारो;
इन पलकों में नीर देखने पर यदि आमादा हो,
दोस्त, नुकीली हमदर्दी सीने के पार उतारो।

बन्धनों की सार्थकता मानता हूँ,
रूढ़ियों को तोड़ना भी जानता हूँ;

कौन देगी साथ, देगी कौन धोखा,
हर लहर की ज़ात मैं पहचानता हूँ।

रामानन्द 'दोषी'

यों तो हर दिल किसी दिल पै फ़िदा होता है,
प्यार करने का मगर तौर जुदा होता है;
आदमी लाख सम्हलने पै भी गिरता है, मगर—
झुकके जो उसको उठा ले वो ख़ुदा होता है।

गड़के रह जाय न दिल में वो निशानी क्या है;
जिसको दोहराया न दुनिया वो कहानी क्या है;
हौसला दिल में, नीयत साफ़ औ' मक़सद ऊँचा
गर ज़वानी में नहीं ये तो जवानी क्या है।

शबनम के पालने में किसीने दिया झुला,
ज्यों चाँदनी के इत्र में सब कुछ धुला-धुला;
आज अपना नाम याद जो आया, तो यों लगा—
हफ़्तों उमस के बाद ज्यों मौसम खुला-खुला।

हारे का जैसे दर्प, बेबस का ज्यों सलाम,
विधवा को ज्यों त्योहार की लम्बी-उदास शाम;
ये ज़िन्दगी भी ख़ाक कोई ज़िन्दगी हुई,
नीलाम के मकान पर जैसे किसीका नाम।

गर बुरा कहे कोई, सुन लो;
बात अच्छी हो कहीं, गुन लो;
लाश नंगी रह न जाय कहीं कल, इससे
आज ईमान को साफ़ कफ़न बुन लो।

रामावतार त्यागी

बेसबब छेड़ा मुझे हर रात ने,
चाँदनी ने, चाँद के आघात ने;
घाव लेकिन एक पल में भर गया,
मुस्कुरा-भर जो दिया जलजात ने।

मेरी हस्ती को तोल रहे हो तुम,
है कौन तराज़ू जिसपर तोलोगे ?
मैं दर्द-भरे गीतों का गायक हूँ,
मेरी बोली कितने में बोलोगे ?

तुम जिसे छू दो नशा छाने लगे,
जिस उदासी को कहो, गाने लगे;
रूप हो तुम या कि कोई गीत हो,
जागते में नींद-सी आने लगे।

धूप निकली थी अभी शाम चली आती है,
ज़िन्दगी मौत के साँचे में ढली जाती है;

रात-भर आग उगलने का नतीजा यह है,
दीप के मुँह मे सियाही ही मली जाती है।

गोल चन्दन-सी सुघर काँपती बाँहों की क़सम,
भोली-भोली-सी मददगार निगाहों की क़सम;
एक भी रात न गुज़री कि तुम्हें भूल सका,
मुझको ईमान से निर्दोष गुनाहों की क़सम।

रूपनारायण त्रिपाठी

गूँजती है खनक प्राण में और पायल न जाने कहाँ,
लड़खड़ाए हवा में दिया और आँचल न जाने कहाँ;
एक बरसात-सी हो रही, क्या बताऊँ अजब हाल है,
भीगती है यहाँ ज़िन्दगी और आँचल न जाने कहाँ।

जी डरता है कहीं तुम्हारा दर्द मुझे बाग़ी न बना दे,
मुझे न रोको देखो आँसू जाने क्या मुझसे करवा दे;
मेरी हस्ती ही क्या जो मैं झेल सकूँ इन अंगारों को,
एक बूँद आँसू चाहे तो सारे वन में आग लगा दे।

मटमैला आँचल पसार कर तुमने कुशल मनाया होगा,
आँगन की मूरत पर तुमने रोकर फूल चढ़ाया होगा;
घर से दूर आज प्राणों में जो उजियाली-सी मुसकाई,
तुलसी की वेदी पर तुमने सुधि का दीप जलाया होगा।

जो पहचान सके न स्वयं को उसकी हर पहचान अधूरी,
जिसमें दर्द न हो जीवन का वंशी की वह तान अधूरी;
पीड़ा के आँचल में पलकर होता हर विश्वास सुनहरा,
जो न आँसुओं से जनमी हो ऐसी हर मुसकान अधूरी।

दूर रहूँ तो नींद न आए, पास रहूँ तो जी घबराए,
जाने यह कैसा आकर्षण जो डँस ले तो नींद न आए;
रात मिलन की और लजाकर कोई ऐसे दीप बुझाए,
लगता जैसे एक उजाला एक उजाले से शरमाए।

लक्ष्मीनारायण पाण्डेय 'निर्झर'

प्राण-वीणा श्वास-सरगम के स्वरों पर,
मौन रो जब वेदना के गीत गाती;
तब नई आशा तिमिर में लीन होकर;
मृत्यु से भी ज़िन्दगी को जीत लाती।

ज़िन्दगी के साज़ का कुछ बोल हो सकता नहीं,
आदमी का आदमी से तोल हो सकता नहीं;
दर्द की परछाइयों में घूमने वालो, सुनो,
आँसुओं का ज़िन्दगी से मोल हो सकता नहीं

सोचता हूँ ज़िन्दगी को कौन-से रथ पर चढ़ाऊँ,
साधना पर कल्पना की चूनरी कैसे उढ़ाऊँ;

ऊब मैं इतना गया हूँ इस जगत् के बंधनों से,
हर डगर पर मृत्यु है पग कौन-से पथ पर बढ़ाऊँ ?

ज़िन्दगी इक भूल का परिणाम है,
इसीलिए होती सुबह औ' शाम है;
सृष्टि-क्रम टूटे नहीं बस इसलिए,
भूल करना हर किसीका काम है।

जो स्वयं वरदान के रथ पर चढ़ा है,
कौन अभिशापी उसे वरदान देगा;
मृत्यु की अवहेलना करते हुए को—
कौन मानव आज जीवन-दान देगा?

लक्ष्मीशंकर 'राग'

मोहब्बत धर्म भी है ज्ञान भी है,
मोहब्बत ज्ञान का अभिमान भी है;
मोहब्बत में कोई गोरा न काला—
मोहब्बत जिस्म भी है जान भी है।

बड़े जल्लाद के पाले पड़े हैं,
ज़बाँ पर हुक्म के ताले पड़े हैं;
वहाँ अँगड़ाईयाँ अँगड़ाइयों पर—
यहाँ तो जान के लाले पड़े हैं।

कहानी से कभी दुनिया में अफ़साने नहीं बनते,
जवानी और सुन्दरता से दीवाने नहीं बनते;
जिसे भगवान चाहे उसके मन में ज्योति जलती
है—चिराग़ों के बनाने से तो परवाने नहीं बनते।

कभी मंज़िल पै मंज़िल ही नहीं है,
कभी साहिल पै साहिल ही नहीं है;
निराली है ये कवियों की ख़ुदाई—
कभी दिल है, कभी दिल ही नहीं है।

लाखनसिंह भदौरिया

प्राण बोले, प्रीति अन्तस् में छुपाना जानते हैं;
अधर बोले, पीर को हम गुनगुनाना जानते हैं;
प्रथम तो सकुचे मगर फिर यों लजीले नयन बोले—
हुम धधकती आग को पानी बनाना जानते हैं।

अब नहीं अनजान से डर लग रहा है,
आज की पहचान से डर लग रहा है;
प्राण की भाषा अपावन हो चुकी है,
आज की मुसकान से डर लग रहा है।

आदमी बन, जो धरा का भार कन्धों पर उठाए,
बाँट दे जग को, न अमृत-बूँद अधरों से लगाए;

है ज़रूरत आज ऐसे आदमी की सृष्टि को फिर—
विश्व का विष-सिन्धु पी जाए, मगर हिचकी न आए।

बिन तपे कुन्दन, केनक-काया नहीं होती,
आप से बाहर कहीं माया नहीं होती;
धूप में चलते चरण ही जानते हैं यह—
बादलों की छाँह से छाया नहीं होती।

विजयवीर त्यागी

अपने मायूस इरादों को जगाया होता,
इन अभावों का ये घूँघट तो उठाया होता;
ओ ! अँधेरे को बुरा कहके बहकने वाले—
इस अमावस में कोई दीप जलाया होता!

रूप, अभिसार को छल जाए, ज़रूरी तो नहीं,
हर ख़ुशी हास में ढल जाए, ज़रूरी तो नहीं;
छिपके शम्मा से भी कुछ जलते हैं जलने वाले—
हर शलभ दीप पे जल जाए, ज़रूरी तो नहीं।

रूप की आँच से संयम भी पिघल सकता है,
गीत की गन्ध से मौसम भी बदल सकता है;
प्यार के नेह से यौवन ने जलाया हो जिसे—
ऐसा हर दीप अमावस को निगल सकता है।

तार झनकार भरें, धुन में कोई साज़ न हो,
गीत गा जाए उमर साँस को अंदाज़ न हो;
इस तरह शोर मचाते हुए आती है ख़ुशी,
दर्द आ जाए दबे पाँव तो आवाज़ न हो।

प्रीत पाहुन के लिए मन का झरोखा खोलो,
शब्द असमर्थ हैं सब, मौन की भाषा बोलो;
अपने विश्वास की जब तुमको परख करनी हो—
अपनी मंज़िल की लगन, पग की थकन से तोलो।

विश्वदेव शर्मा

पीर पाई, निगाहें तरल हो गईं,
प्यार पाया, बहारें सरल हो गईं;
दु:ख-सुख के मिले शेर कुछ इस तरह,
ज़िन्दगी एक पूरी ग़ज़ल हो गई।

ध्वंस की गोद में गाँव बसते रहे,
आग जलती रही घन बरसते रहे;
ज़िन्दगी में कई बार ऐसा हुआ—
आँख रोती रही, ओठ हँसते रहे।

भ्रू भंग में इंसान के विस्फोट गरल है;
हर हास में मधुमास का विश्वास सरल है;

अर्चन में छिपा शिल्प अजन्ता का अमर,
हर आँख की हर बंद एक ताजमहल है।

कोयल निरे निर्जन को स्वरवान बना देती है,
एक लहर समन्दर को गतिमान बना देती है;
दो बाँह ज़माने को क्या कुछ न बना देंगी,
पूजा निरे पत्थर को भगवान बना देती है।

विष्णु खन्ना

स्नेह पाकर भी जलन ही हाथ आई,
बाँह में तम के उमर की निधि लुटाई;
मैं दिया हूँ, कुछ अजब-सी ज़िन्दगी है,
दिन न देखा, रात रो-रोकर-बिताई।

मैं किसीका प्यार ठुकराया नहीं हूँ,
और अपना हाथ फैलाता नहीं हूँ;
सरगमें संगत स्वयं करती रही हैं,
गीत के सँग-सँग कभी गाता नहीं हूँ।

मैं पराजित, फेर ये मेरे समय का,
पीटती डंका तड़ित मुझपर विजय का;
मेघ हूँ मैं, दो घड़ी आँसू बहाकर—
भार हल्का कर लिया करता हृदय का।

चाँदनी को पालना मुझको झुलाता,
फूल अपनी गोद में हँसकर सुलाता;
ओस हूँ मैं, रात ढलते जन्म मेरा,
सूर्य का रथ सृष्टि से वापस बुलाता।

वीरकुमार अधीर

हृदय की चाहतों ने चैनोअमन छीन लिया,
नयन में अश्रु जगा, ग़म ने सपन छीन लिया;
चला जो लेके विदाई चमन के फूलों से,
चलते-चलते हुए काँटों ने कफ़न छीन लिया।

कहाँ अब प्रेयसी का सौम्य मुखड़ा याद आता है,
न सुख ही याद आते हैं, न दुखड़ा याद आता है;
उठी भी पेट का जब प्रश्न लेकर चाँद पर नज़रें,
कहीं पथ पर पड़ा रोटी का टुकड़ा याद आता है।

फिर वही एकान्त के वातावरण झूमे कहीं,
पहनकर कलियों की पायल वन-विजन झूमे कहीं;
चौंक उठती हैं बिछी पलकें तुम्हारी बाट में,
जबकि राहों पर बहारों के चरण झूमे कहीं।

दूर खेतों में किसकी भूख लहलहाती है,
क्यारियों में महक के किसका पसीना आया?

कहीं पे आँसुओं ने बोए हैं हँसी के फूल,
लोग कहते हैं कि सावन का महीना आया।

लहक उठी है कल्पना की फ़सल खेतों में,
महक उठा किसान के हृदय का फूल आज;
लो, पसीने के समन्दर से मानसून आया,
गगन से आज घटा बनके बरसता है अनाज।

वीर सक्सेना

बिना साज़ हर राग अधूरा-सा लगता है,
मँहदी बिना सुहाग अधूरा-सा लगता है;
मिलने पर यदि आँखों में आँसू ना आएँ—
मुझको वो अनुराग अधूरा-सा लगता है।

जिसने भी काजल से आँख धुलाई है,
जिसकी सुधि ने सोई पीर जगाई है;
सतरंगी जीवन में दोनों अपराधी हैं—
जिसने ठोकर दी है, जिसने खाई है।

फूल सूख जाता है पर पराग छोड़ जाता है,
तूफ़ाँ तक बुझा हुआ चिराग़ छोड़ जाता है,
तुम गए साथ सब निशानियाँ भी लेते गए—
ज़ख़्म भर जाता है तो दाग़ छोड़ जाता है।

शबनमी रात को झुठलाओ मत,
यूँ सितारों से भटक जाओ मत;
पथ में काँटे हैं तो चुनेंगे ही,
एक काँटे से अटक जाओ मत।

रात आती है, रात जाती है,
बात आती है, बात जाती है;
मैं किसी क्षण भी नहीं जी पाती,
ज़िन्दगी यूँ ही बीत जाती है;

गीत मेरे हैं, स्वर तुम्हारा है,
फूल मेरे हैं, दर तुम्हारा है;
मैं जो जीकर भी नहीं जी पाती,
यह भी जो है असर तुम्हारा है।

ज़िन्दगी ऐसे कटी जाती है जैसे कोई—
साँझ कट जाए कहीं दूर पै वीराने में;
वक़्त घिरता है मेरी आँख में ऐसे जैसे—
कारवाँ जाय भटक अनकहे अफ़साने में।
हर सुबह एक भुलावा-सा दिए जाती है—
हर घड़ी बीत रही ख़ुद को ही समझाने में;

और जो तोड़ दिए दिन ने कगारे मन के,
रात बस व्यस्त रही फिर वही जुटाने में।

राह से छूट के भटकी हुई पगडण्डी पर—
साँझ के दर्द-सा घिरता हुआ गुबार भी लो;
गूँज कर मिट सके नहीं जो क्षण—
साँस से बाँध लो उस पार तक गुज़ार भी लो।
मैं न उस देश की वासी जहाँ सुमन खिलते—
कैसे कह दूँ कि मेरे हाथ से बहार भी लो।
प्राण ! मैं रूप नहीं, स्पर्श नहीं, गन्ध नहीं,
भाव हूँ सिर्फ़ अगर गीत-सा उभार भी लो।

वीरेन्द्र मिश्र

कौन हँस-हँसकर जिया है,
कौन गाता मर्सिया है;
वे बताएँगे कि जिनने—
मुस्कराकर विष पिया है।

तुम जो कंचन हो, मैं जो रजकन हूँ,
तुम जिसके तन हो, मैं उसका मन हूँ;
टुकड़े कर लो तुम मेरे मुखड़े के,
फिर भी देखोगे मैं तो दर्पण हूँ।

आज पहने हार आलम है नया युग के पवन का,
और ऊँचा माथ होता जा रहा नीले गगन का;
और चाहे कुछ करूँ इस ज़िन्दगी में मैं न लेकिन,
साँस रोके आँक लूँ यह रूप सूरज की किरन का।

दिया जल रहा मन का जो, वह कोई दिया नहीं है भाई,
वह तो मैंने ही तम-जल में जा दीपक-नौका तैराई;
बिन पतवार स्नेह-चालित वह खड़ी छोर पर मानिन बाती,
पाल डोलती दीपशिखा है, चाँद सितारे हैं परछाँई।

तुमने हमें बुलाया साथ, जब हो गए पराए हम,
अब तो दुलार के जग में क्यों आएँ बिना बुलाए हम;
कैसा मज़ाक़ है आँसू के सपने के देवालय से—
पलकें रहें झुकाए मूरत नज़रें रहें उठाए हम।

'शरद्'

अश्क आख़िर अश्क है, शबनम नहीं है,
दर्द आख़िर दर्द है, सरगम नहीं है;
उम्र के त्योहार में रोना मना है—
ज़िन्दगी है ज़िन्दगी, मातम नहीं है।

कोई सपना आग नहीं होता है,
सभी तटों पर झाग नहीं होता है;

दुनिया-भर पै धूल उड़ाने वालो!
हर आँचल में दाग़ नहीं होता है।

मुश्किलें दिल के इरादे आज़माती हैं,
स्वप्न के परदे निगाहों से हटाती हैं;
हौसला मत हार गिरकर ओ मुसाफ़िर!
ठोकरें इन्सान को चलना सिखाती हैं।

एक टहनी एक दिन पतवार बनती है,
एक चिनगारी दहक अंगार बनती है;
जो सदा रौंदी गई बेबस समझकर—
एक दिन मिट्टी वही मीनार बनती है।

उम्र का रास्ता हमवार नहीं होता है,
अपना साया भी मददगार नहीं होता है;
दोस्त मजबूरियों की बात अलग है, वरना—
जन्म से कोई गुनहगार नहीं होता है।

शरदेन्दु शर्मा

मैंने तुमसे जो कभी कोई क़सम खाई है,
इसीसे आज मेरी आँख डबडबाई है;

उधर तो ज्योति की अर्थी निकल रही है मगर,
दुनिया कहती है आज चाँद की सगाई है।

काँपती लौ है बिना बात ही सिरहाने की,
जैसे घबरा गई हो आरज़ू परवाने की;
दर्द का कर्ज़ अभी और कुछ बक़ाया है,
आज की रात मुझे नींद नहीं आने की।

लहर-लहर की बाँसुरी पै गुनगुनाऊँगा;
कली-कली के साथ-साथ मुसकराऊँगा;
गिराए बिजलियाँ ये आसमाँ न क्यों सौ बार,
बादलों-बीच ही मैं आशियाँ बनाऊँगा।

शान्ति अग्रवाल

ज़ुबाँ पर भी न आए बात फिर भी आम हो जाए,
नहीं क्या नाम होता है अगर बदनाम हो जाए ?
करूँ क्या मैं, बताओ तुम ही, उनके हाथ में जाकर—
जो प्याला एक पानी का छलकता जाम हो जाए ?

मेरी पलकें न उठें ऐसी हिदायत क्यों है ?
मेरे ऊपर ये तेरी ख़ास इनायत क्यों है ?
जाम आँखों का लिए प्यार-भरा, बैठे हो—
मेरी नज़रों से इबादत की शिकायत क्यों है ?

राग राही को तो मंज़िल से हुआ करता है,
मोह माँझी को भी साहिल से हुआ करता है;
प्यार पाने को न आँचल को पसारो ऐसे—
प्यार कहने से नहीं दिल से हुआ करता है।

कहें क्या मुसकराने में भी अब कैसी किफ़ायत है
किसीके ज़ुल्म की मुझपर बड़ी भारी इनायत है;
ख़ुदा जाने ये क्या क़ानून है, कैसी अदालत है—
ख़ता तो है निगाहों की, उन्हें हमसे शिकायत है।

शिवबहादुरसिंह भदौरिया

यह जो अरसे से मुलाक़ात नहीं की मैंने,
गोया दीदार की बारात नहीं की मैंने;
ठीक निभ जायँ ज़माने के रस्म भी तुमसे,
इसलिए तुमसे कोई बात नहीं की मैंने।

ऐसे बैठे कि गोया दूर-दूर चलते रहे,
ऊँचे मेघों से उड़े बूँदें बने, ढलते रहे;
पहरों हम पास-पास इस तरह से बैठे रहे,
जैसे वीरान में दो घी के दिये जलते रहे।

मैं रहा सबकी तरह, सबसे निराला न हुआ,
हुआ अंगूर मगर ढलके मैं हाला न हुआ;

जब तलक तूने जलाई न प्यार की बाती,
अँधेरे घर में कभी दोस्त उजाला न हुआ।

बुज़दिली या कि इसे कुछ भी कहो ऐ प्यारे !
जैसे ख़ामोश हूँ ख़ामोश रहो ऐ प्यारे !
हम न मिल पायँ तो ख़ामोशियों को मिलने दो,
बहरे ख़्यालात में चुपचाप बहो ऐ प्यारे !

मैंने औरों की तरह प्यार जताने के लिए;
क़समें खाई हैं कहाँ प्यार निभाने के लिए;
फिर यह क्या है कि तुम बेचैन हो सुनने के लिए,
और लाचार हूँ मैं तुमको सुनाने के लिए।

शिवादत्त द्विवेदी

रात सोई, चाँद-तारे सो रहे हैं,
ऊँघते-से दीप आभा खो रहे हैं;
पर हमारे मौन तारे शून्य में—
आँसुओं के व्याज मोती बो रहे हैं।

वर्षा की झड़ी लगी पपिहा तो प्यासा है,
धानी-भरे सावन में सूखता जवासा है;

नभ तो बरसाता है मोती ही दुनिया में,
साँप और सीप के बस भाग्य का तमाशा है।

दिन आया बीत गया कब किसका होता है,
तारों ने धोखा दिया पीला चाँद रोता है;
ऐ रे ! आसमान लिये आस कौन किसके लिए ?
सारी रात मोतियों को दूब में पिरोता है।

जनगण का है राज्य आज जनता राजा है,
'जन गण मंगल' के स्वर में बजता बाजा है;
किन्तु मनुजता के शिकार करने वालों के—
निर्मम पंजों का लोहू अब भी ताज़ा है!

पहले बात करो धरती की फिर करना आकाश की,
पहले पतझर से खेलो फिर जय बोलो मधुमास की;
धरती के बेटो, पहले धरती का ऋण पूरा कर लो,
बलिदानों से ही आयेगी वेला हास-विलास की।

शिवमंगलसिंह 'सुमन'

रात आई कि याद साथ लिये आती है
बात की बात में बरबाद हुई बाती है;

स्नेह के तार पै दीपक की जलन निर्भर है,
प्यास को प्यास पिये जाती है।

आँख अनकहनी कहानी कह गई,
साँस सूनापन सिसक कर सह गई;
बात जीवन-भर तुम्हारी की मगर,
बात इतनी, बात आधी रह गई।

प्यास है आओस की बूँदें ही पिए लेता हूँ,
रात है, देखके तारों को जिए लेता हूँ;
तुम नहीं दे सके मिट्टी को भरोसा लेकिन,
मैं तुम्हें चाँद की मुसकान दिए देता हूँ।

आँख दी देखने को फिर तो था निबाह नहीं,
आपको देखा तो कोई किया गुनाह नहीं;
हर लहर के ज़ुबान हो तो आप भी जानें,
आँख के पानी की दुनिया में कोई थाह नहीं।

तुम ख़ूब मिल गए पथ के बीच बसेरे में,
जीवन का आधा मोड़ घूमते घेरे में;
कुछ कहता पर शायद चलने का समय हुआ,
लाओ गुराँस का फूल लगा दूँ जूड़े में।

शिशुपालसिंह 'शिशु'

क्यों उषा की लालिमा इतनी निराली है,
क्योंकि उसकी रात की पोशाक काली है;
सौत जैसा डाह आपस में लिये, फिर भी—
मौत ने ही ज़िन्दगी में जान डाली है।

नाग-सी फुँकार लेकर आप आये हैं,
दीप के निर्वाण का सन्देश लाये हैं;
पर बुझाने से प्रथम यह तो कहो, अब तक—
आपने कितने बुझे दीपक जलाये हैं ?

जबकि एक ही शाख़, एक ही घर, एक ही घराना,
मलयानिल ने दुलराने में कोई भेद न माना;
फिर भी एक भाव के अनमिल दो प्रभाव ये कैसे ?
फूलों ने मुसकाना सीखा, काँटों ने चुभ जाना।

भानुजा का एक तट कुरुक्षेत्र से शमशान है,
दूसरा तट कुंज और कछार से छबिमान है;
पांचजन्य तुरन्त उसके हाथ से तुम छीन लो,
जोकि वंशी के बजाने में निरा नादान है।

दीन के रक्त से जिनके चिराग़ जलते हैं,
और फिर चींटियाँ चुगाने जो निकलते हैं;
उनके धर्मात्मापने पै हँसी आती है,
स्याहियाँ पीते और सोख़्ता निगलते हैं।

शेखर

मैंने सोचा था सितारों से दूर जाऊँगा,
दिन की स्याही के लिए एक किरन लाऊँगा;
क्या पता था कि अँधेरा भी यूँ चमकता है,
जिसकी शोख़ी पै कभी मैं भी फिसल जाऊँगा।

फूल खिलने की ख़बर भी न किसीने पाई,
बड़े अन्दाज़ से ढूँढ़ी गई थी तन्हाई;
लेकिन किस कुंज में हवा के होंठ भीगे हैं,
बात यह गंध गाँव-भर में उड़ा ही आई।

मैं न कोई संत फ़क़ीर या कि नेता हूँ,
कोई पंडित न किसी ग्रन्थ का प्रणेता हूँ;
जो भी बचता है मेरे पास इस ज़माने से—
उसको गा-गा के सरेआम लुटा देता हूँ।

किसीने भूल से घायल हृदय का गीत गाया है,
किसीका स्वप्न है जो चन्द्रमा को चूम आया है;

तड़पकर बिजलियों का फूल-सा दिल टूट जायेगा,
न कहना मेघ से, प्यासे पपीहे ने बुलाया है।

आज तक जो गा रहे आँसू तुम्हारी ही कला है,
चन्द्रमा की घाटियों का मेघ मरुथल में पला है;
आज तक प्यासे खड़े हैं प्राण सागर के किनारे;
स्वप्न के सौदागरो! तुमने मुझे कितना छला है।

शेरजंग गर्ग

ग़ैर को अपना बनाने में समय लगता है.
प्यार का फ़र्ज़ निभाने में समय लगता है;
स्वप्न की गोद में सोना तो सहज है लेकिन,
आँख तक नींद के आने में समय लगता है।

रूह की राह पर जब-जब भी चले बहक गये,
प्रीत की छाँह में भी दर्द कई दहक गये;
उन परिन्दों की मगर याद बहुत आती है,
जो मेरे बाग़ में दो पल के लिए चहक गये।

मुझसे छूटे हुए साहिल की ख़ुशामद न हुई,
मुझसे रूठी हुई मंज़िल की ख़ुशामद न हुई;
दर्द की गोद में कुछ और भी जी लेता मैं—
पर मेरे दिल से ही क़ातिल की ख़ुशामद न हुई।

धूलिकण तुच्छ हैं कंचन को ग़लतफ़हमी है,
अश्रुकण व्यर्थ हैं पाहन को ग़लतफ़हमी है;
गैर के रूप पर इतराने की आदत है इसे—
बस इसी दर्द से दर्पण को ग़लतफ़हमी है।

हौसला हारकर तू हार की क़ीमत न घटा,
डर के मँझधार से पतवार की क़ीमत न घटा;
अपनी मजबूरी पै ओ अश्रु बहाने वाले !
दर्द से ऊबकर यों प्यार की क़ीमत न घटा।

श्रीहरि

प्राणों पर ज्वालागिरि, पलकों पर सिन्धु लदा,
सिर चकराता, छाती पर सौ मन का पत्थर है;
मत इन्हें हटाओ, रहने दो, मैं कहता हूँ;
हलका होने से भारी होना बेहतर है।

मन शिथिल छटपटाता, दम टूटा-सा लगता,
तन का पीलापन भी काफ़ी बढ़ जाता है
इतनी ऐंठन, उत्पीड़न, थकन, घुटन, फिर भी—
मुख पर सपनों का रंग नया चढ़ जाता है।

यह रक्त चूसती धरा, शीश पर लदा व्योम,
तू क्यों जीवन को व्यर्थ समझ कर रोता है;

हर नई पीर, हर नई टीस, हर नई कसक,
हर नई चीख़ का भी कुछ मतलब होता है।

अम्बर आशंकित-उत्कंठित होता रहता,
आतुर जगती भी नहीं चैन से सोती है;
कुछ ऐसा ही महसूस धरा को होता है,
जब नई ज़िन्दगी आने वाली होती है।

श्रीपालसिंह 'क्षेम'

एक लौ जो जगे और लहका करे,
एक पुरवा उठे और बहका करे;
याद आई कि जैसे ढली रात पर—
एक बेला खिले और महका करे।

दूर से जो उठे और परसा करे,
प्राण भींगा करे और तरसा करे;
एक चितवन उठी जिस तरह रूप की,
एक बदली घिरे और बरसा करे।

ओठ पर जब पलक थरथराने लगी,
लाज की चाँदनी झिलमिलाने लगी;
डालकर काजलों की नरम झिलमिली—
सिन्धु में एक पूनम नहाने लगी।

एक पल को डूबता, पल एक उतराता रहा,
रात-भर तूफ़ान पर तूफ़ान यों आता रहा;
'क्षेम' आने के लिए तो दुःख आता था, मगर—
श्वास बन आता रहा, निःश्वास बन जाता रहा।

सत्य-सपने के बिना आधार मानव का नहीं,
आग-पानी के बिना श्रृंगार मानव का नहीं;
मूर्ति मिट्टी की बना दी, प्रीति डाली ही नहीं,
और चाहे जो बने, आकार मानव का नहीं !

सतीशचन्द्र शर्मा 'सन्तोषी'

रूप का गाँव है और मैं हूँ,
प्यार की छाँव है और मैं हूँ
ज़िन्दगी और तुझे कर लूँ प्यार,
मौत का दाँव है और मैं हूँ।

मेरे गीतों में तुम्हें सार मिले या न मिले,
रूप-रस-राग का भण्डार मिले या न मिले;
प्यार की प्यास किसी स्वप्न का जलता विश्वास,
ये तो मिल जाएँगे ही प्यार मिले या न मिले।

भटका-भटका-सा कारवाँ हूँ मैं,
एक घुटता हुआ धुआँ हूँ मैं;

तुमने मुझको कहाँ से दी आवाज़,
सोचता हूँ कि अब कहाँ हूँ मैं।

एक आवाज़ फिर लगाता हूँ,
अपनी आवाज़ आज़माता हूँ;
जाने किसकी तलाश है मुझको,
याद करता हूँ भूल जाता हूँ।

ज़िन्दगी पंथ है मंज़िल की तरफ़ जाने का,
ज़िन्दगी गीत है मस्ती से सदा गाने का;
मौत आराम से सो जाने की बदनामी है,
ज़िन्दगी नाम है तूफ़ान से टकराने का।

सतीश वर्मा

रात पूनम को लुटा कर, दीप मावस के जलाती,
पौध-फ़सलें, धूप-छाया, एक आती, एक जाती;
ज़िन्दगी है नाम, चलते औ' बदलते सिलसिलों का–
किन्तु फागुन की धुन, बीत जाती, याद आती।

मीत रूठे, क्योंकि हर दिन गा न पाए,
ग़ैर छूटे, क्योंकि हम अपना न पाए;
और तब रोकर थकीं मजबूरियाँ जब,
बात अपनों की हमीं समझा न पाए।

चढ़ी बरात देखकर पुलक उठा तो क्या हुआ !
पड़े मज़ार देखकर सुबक उठा तो क्या हुआ !
हँसी-मिलन, जनम-मरण पड़ाव हैं—न मंज़िलें,
न इनमें सुख धरा हुआ, न उनमें दुख भरा हुआ !

कि पैसा मैल हाथों का—अनेकों संत कहते हैं,
यही भगवान दुनिया का—धनी श्रीमन्त कहते हैं;
अजब जादू सभी के सिर चढ़े, बोले कि सुख-दुख का—
इसीको आदि कहते हैं, इसीको अन्त कहते हैं !

सत्येन्द्रनाथ श्रीवास्तव

बढ़ रही जो भीड़ पथ के प्रस्तरों को तोड़;
बाँध देगा क्या उन्हें परछाइयों का मोड़;
जो लिये युग-कालिमा का हाथ में फंदा—
रोकते, हर साँस लेगी आज उनसे होड़।

दर्द मुझमें भी, छिपाये जल रहा पर; टीस,
जानकर तुम क्या करोगे मैं पढ़ूँगा बीस;
एक ही है राह साथी, फ़र्क़ बस इतना—
तुम गड़ाये आँख नीचे, मैं उठाये शीश।

सरस्वतीकुमार 'दीपक'

जब तक दोगे स्नेह, दिया तो जला करेगा,
अँधियारी राहों पर हँसकर चला करेगा;
साथी ! बाती उकसाओ या दिया बुझाओ—
ज्योति-दान दे करके सबका भला करेगा।

सुमन से प्रिय ! मुसकुराना सीख लो,
भ्रमर से तुम गुनगुनाना सीख लो;
जो पराये हित जला है रात-भर—
ज्योति दीपक से जगाना सीख लो।

सूरज सबको रूप-धूप देता है साथी,
प्रीति सभीको भेजा करती परिचय पाती;
अंधकार के बिना ज्योति को कौन बूझता,
दिया कौन-सा जल पाया करता बिन बाती !

रात ढली दिन उगा, यही सुख-दुख का क्रम है,
ज्योति-तिमिर के विदा-मिलन का यही नियम है;
बात-बात की घात हमें पीड़ा देती है—
किसको अपना कहें, समझने-भर का भ्रम है।

कुचल किसीका हृदय बता दो, किसने पश्चात्ताप किया है;
और, कौन है ऐसा जिसने कभी न कोई पाप किया है;
काली रात, उजाली रातों से रो-रोकर कब से कहती—
माँग तुम्हारी दमकाने को मैंने बहुत विलाप किया है।

सुदर्शन पुरी

हर थकी राह को मंज़िल से मिलाना होगा,
हर दुखी साँस को फूलों-सा खिलाना होगा;
परदे नफ़रत ने लगाये हैं जो इस दुनिया में,
प्यार के हाथ से उन सबको हटाना होगा।

ऐसे कुछ दिन भी मेरी ज़िन्दगी ने पाये हैं,
आँख जब रोती रही, होंठ मुस्कुराये हैं;
सबसे ज़्यादा जो गये दूर मेरे दामन से—
जाने क्यों सबसे अधिक याद वही आये हैं।

हर कोई जुर्म गुनहगार नहीं होता है,
हर ख़ताबार ख़ताबार नहीं होता है;
मैले कपड़ों पै सदा धूल उड़ाने वालो !
हर गुनहगार गुनहगार नहीं होता है।

सुधा शर्मा

कोई आँचल नहीं जो रात के आँसू पोंछे,
कोई वह नीर न जो दाग चाँद का धो दे;
मुझको विश्वास नहीं कोई दिल भी ऐसा है,
सुन ले जो दर्द मेरा और दो आँसू दे दे।

प्राण की प्यास इतनी ज़्यादा है,
तृप्ति की सोचते सिहरती हूँ;
यूँ अँधेरों में खो गई हैं उमर,
रोशनी तक से आज डरती हूँ।

सुलतानसिंह 'प्रेम'

जो दामन थाम ले कोई तो बदनसीबी कैसी,
पोंछ दे आँसू कोई तो उससे रकीबी कैसी;
दवा कभी दर्द, कभी दर्द दवा बनता है,
जज़्बात एक हो तो फिर दूरी या क़रीबी कैसी !

सात पर्दों में तुझे जग ने छिपा रक्खा है,
चन्द पर्दों में तूने ख़ुद को छिपा रक्खा है;
छुपने वाले मगर यह राज़ भी छिपा रखना—
लाख पर्दों में तुझे मैंने छिपा रक्खा है।

सूरजप्रकाश गोयल

ज़िन्दगी हार नहीं, जीत है, जवानी है,
मौन विश्राम नहीं, गीत है, रवानी है;
ज़िन्दगी पैर बढ़ाए तो मौत हट जाए,
आस-विश्वास की, उल्लास की कहानी है।

ध्येय पाने को स्वयं पैर बढ़ाना होगा,
पथ के पत्थर को स्वयं दूर हटाना होगा;
दूसरा कौन तेरे प्रश्न का उत्तर देगा?
अपने ही मन का तुझे दीप जलाना होगा।

सोम तिवारी

यूँ तो जीने के लिए लोग जिया करते हैं,
लाभ जीवन का नहीं फिर भी लिया करते हैं;
मृत्यु से पहले भी मरते हैं हज़ारों, लेकिन—
ज़िन्दगी उनकी है जो मर के जिया करते हैं।

कण्टकों की सेज पर भी गुनगुनाती ही रही है,
ज़िन्दगी हर मरहले पर गीत गाती ही रही है;
है चुनौती नियति के निर्मम सँपेरे के लिए यह,
नागमणि-सी बाँबियों में जगमगाती ही रही है।

हरिकृष्ण 'प्रेमी'

किसीके प्यार की मदिरा जवानी ज़िंदगी की है,
हमेशा प्रेमियों को ऋतु सुहानी जिंदगी की है;
प्रणय के पंथ पर प्रेमी प्रलय-पर्यन्त चलता है,
किसीके प्यार में मरना निशानी ज़िंदगी की है।

प्यार बुझती ही नहीं है पी चुका हूँ मैं ज़हर भी,
श्वास के अति पास आकर चल दिया अंतिम प्रहर भी;
टूटकर भी दिल न टूटा, हाय, अब तक है धड़कता,
साँस रुकती ही नहीं है सह चुका जग के क़हर भी।

क्या करूँ, मुझको निराशा का सहारा भी नहीं है,
चिर विरह के सिंधु का मिलता किनारा भी नहीं है;
ढक लिये हैं बादलों ने नील नभ के सब सितारे,
डूबता मन के गगन का एक तारा ही नहीं है।

चीरता निस्तब्धता को कवि स्वरों के तीर से,
वेदना को बाँध पाया कौन है ज़ंजीर से;
धूल में भी बैठ कवि संसार से ऊँचा रहा,
लड़ सकी कवि-साधना रूठी हुई तक़दीर से।

भाग्य-रेखाएँ स्वयं मैं खींचता भी हूँ, मिटाता भी;
दीप अपनी झोंपड़ी में मैं जलाता हूँ, बुझाता भी;
मैं गगन से आग बरसाता प्रलय की बाढ़ लाता हूँ;
सृष्टि का विध्वंस कर फिर सृष्टि मैं नूतन बनाता भी।

ज्ञान भारिल्ल

छेड़ो नहीं, कली की आँख न खुल जाए,
शबनम का आँसू न आँख से ढुल जाए;
मेरा गीत पाप है, इसे न छूना तुम—
पुण्य तुम्हारा कहीं न मन से धुल जाए!

हर फूल पर कोई झुका अंगार है,
हर गीत में संतप्त हाहाकार है;
हर साँस पर बन्धन यहाँ जकड़े हुए—
यह ज़िन्दगी है या कि कारागार है ?

ज्ञानवती सक्सेना

ओट बादल की लिये नैन चुराया न करे,
लाज से आँख बचाते हुए आया न करे;
कौन बेदाग़ यहाँ देख रहा धरती से,
चाँद से कह दो कि वह दाग़ छुपाया न करे।

ज़ोर ज़ुल्म से लड़ने वाला बालक भी आँधी होता है,
लय शेरों से अंकित कोरा कागज़ भी चाँदी होता है;
सीना ताने खड़े विदेशी अणु-बम का विस्फोट लिये, पर
झुककर विश्व झुकाने वाला ही सच्चा गांधी होता है।

○ ○ ○